D1142392

P C Jersild

Den femtionde frälsaren

P C Jersild

Den femtionde frälsaren

Roman

BONNIERS

Av P C Jersild har tidigare utgivits:

Räknelära 1960
Till varmare länder 1961
Ledig lördag 1963
Calvinols resa genom världen 1965
Prins Valiant och Konsum 1966
Grisjakten 1968
Drömpojken 1970
Djurdoktorn 1973
Barnens Ö 1976
Babels hus 1978
En levande själ 1980
Efter floden 1982
Lit de parade 1983

På annat förlag:

Vi ses i Song My 1970
Uppror bland marsvinen 1972
Stumpen 1973
Den elektriska kaninen 1974
Gycklarnas Hamlet 1980
Professionella bekännelser 1981

ISBN 91-0-046229-2
© P C Jersild 1984
Printed in Finland
Werner Söderström Osakeyhtiö
1984

Goethe på resa i Italien:

En herre, som vi delade vagn med
mellan Sasso och Bologna, sade sig
vara fullständigt övertygad om att i
likhet med det sjunkna Atlantis har
Venedig aldrig funnits.

FÖRRA DELEN

Till min käre gudson:

När du denna dag fyller tretton och står redo att träda ut i livet på egen hand, vill jag som jag tidigare lovat berätta allt jag vet om din bakgrund och hur jag kom att illa förberedd axla det omänskliga ansvaret att vara din förmyndare.

Själv föddes jag 1774 och jag antar att min far var lika disträ som vanligt, när han utan att ingående överväga konsekvenserna lät döpa mig till Ciacco. Självklart var det en stor ära för mig att bli uppkallad efter florentinaren Ciacco dell' Anguillaia, känd hovman, vän till Dante, vältalare och älskvärd gäst. Och frossare. Min far ville sannolikt döpa mig efter någon som var honom själv så olik som möjligt. Han led nämligen mycket av osällskaplighet, sin ovilja att tala och sin ständigt svidande mage. Därför önskade han sig över allt annat en rund, glad, varm och pratsam son. Vad han i sin iver glömde var att Ciacco också kan betyda gris.

Jag skall inte trötta dig med min barn- och ungdom utan föredrar att hoppa nitton år framåt i tiden:

Kristi Himmelsfärdsdagen 1793 befann jag mig uppe i kampanilen på San Giorgio mittemot dogepalatset för att tillsammans med min far invänta dogens traditionella förmälning med Adriatiska havet. Aprilsolen, liten och hård som en citron, steg just upp över Lido men inne i själva staden hade förberedelserna ännu inte hunnit börja. Piazzettan låg öde så när som på den avgående nattvakten. Skeppet som skulle föra dogen ut till havsbröllopet, den svällande bucen-

9

toron, låg övergiven vid kajen som en guldbroderad damväska. Vad jag i denna tidiga morgon inte anade var att min far inom några dagar skulle vara död.

Ensamma i den tidiga timmen klev vi runt däruppe i tornet och granskade vår stad i alla fyra väderstrecken. I norr den ännu sovande stadskärnan, i väster öarna Rialto och Giudecca och bortom dem de oändliga vassbevuxna träskmarkerna vid fastlandskusten. I söder den blekblanka lagunen med vita och violetta dimstråk som upphävde horisonten: himmel och hav var ett och detsamma, vi flöt på himlen och över oss välvde sig havet.

Min far höll en utläggning om begreppet mentor. Varje ung man måste skaffa sig en förebild i en äldre man, som inte är hans far. Denna förebild kallades mentor efter Telemakos uppfostrare. Jag hörde inte på särskilt noga. Ämnet intresserade mig inte. Vad skulle jag med en mentor, jag som hade en egen far som så ivrigt alltifrån början sysselsatt sig med min förkovran?

I stället vände jag min uppmärksamhet mot öster och soluppgången. Ute på Lido hade man åtminstone vaknat. Vita puffmoln steg upp från skjutbanan men ljudet nådde inte fram. Jag fick syn på ett egendomligt ekipage på vattnet. Fyra i bredd sammanlänkade pråmar bogserades av två smala tolvroddare. Årbladen blänkte i snabb takt men de otympliga pråmarna rörde sig nästan inte. Det var som om två små vattenskräddare försökt baxa iväg ett fång död fisk. Jag avbröt min fars föredrag och gjorde honom uppmärksam på pråmarna. Han visste genast besked: i pråmarna fanns inhysta stackars sinnessjuka som inte kunde skötas i kloster eller hospital. De våldsammaste och bråkigaste tvingades i stället leva på pråmarna inspärrade i sin egen träck. Under vintern brukade pråmarna ligga vid någon av San Marcos yttre kajer, men nu inför Kristi Himmelsfärdsdagens högtidligheter gällde det att få dem ur vägen. Varje år samma visa enligt min far. I sista minuten kommer någon på att man måste ha iväg dårarna till någon mindre utsatt del av lagunen. Se där den enda av Venedigs öar som är rörlig. Jag minns att jag stod och såg på min far från sidan. Det låg en sällsam iver i hans röst. Var det vad han fruktade, att familjen skulle tröttna på hans melankoliska perioder, att han skulle gå ner sig så djupt i sin svarta galla att han måste sättas på pråmarna? Men det fanns också ett inslag av längtan i rösten, som om han i själva verket ville dit, som om där funnits hans enda fristad. Kanske är detta sista mitt eget tillägg i efterskott i perspektivet av att han bara hade dagar kvar att leva.

Om någon denna kalla morgon sagt mig att jag själv inom mindre än fem år skulle befinna mig på dessa de fördömdas skepp, skulle jag varken ha förfärats eller skrattat. Jag skulle helt enkelt inte ha brytt mig om att lyssna. Men du, dyre gudson, vet bättre.

En kväll ett par år senare befann jag mig som vanligt på teatern. Kvällens stycke hette Grisen i säcken och uppgavs – säkerligen felaktigt – vara författat av Albergati. Varför skulle en av Venedigs få verkligt spirituella författare kalla sitt stycke Grisen i säcken, när det säkert fanns minst två dussin operabuffor, franska komedier eller enklare tablåer med samma titel?

Tillsammans med min vän Jacopo satt jag i kolmörkret ytterst till vänster på femte bänk och skrev för brinnande livet, när den idioten klippte till mig med armbågen i bröstet och fnissade:

– Ciacco, här sitter du och skriver i blindo som en ömklig gris i din säck!

Inte ens som tillfällighetsskämt var "kvickheten" passabel. Men som jag alltid varit en tolerant natur, hade jag gärna förlåtit honom om jag inte samtidigt tappat pennan. Det tog oss säkert tjoget repliker innan vi fann den under framförvarande bänk. En tappad penna och tjugo för alltid förlorade repliker! Och inte skulle jag kunna bege mig dit igen påföljande kväll och fylla luckan; jag hade redan fått betalt av herr Mozzi som skulle börja trycka nästa förmiddag. Vad gör man? Enligt min fars moral får en skrivare aldrig fylla ut efter egen fantasi om han missar i diktamen. Något annat val än att helt sonika utlämna de försvunna replikerna hade jag inte. Nå, säkert skulle ingen komma att märka det när tjuvtrycket väl var gjort. Vem vet, kanske skulle förkortningen rent av resultera i en förbättring – alla farser är för

12

långa, och en liten oförberedd mystifikation förhöjer bara effekten.

Jacopo hade förtöjt sin sandola längst inne vid Campo Santa Maria Formosas allmänna trappa, vilket dels var förbjudet och dels renderade oss ett par välriktade spottloskor från ett par gondoljärer som lagt sig för att sova utanför. När vi väl släpptes ut i kanalen vägrade Jacopo att ro direkt till Rialto – ånej, han skulle på taverna och få sig ett glas, trots att jag först bönföll honom och sedan hotade säja upp vår vänskap för alltid. Natten behövde jag för att skriva rent det falska Albergatistycket. Den av min far konstruerade snabbskriften var nämligen komplett oläslig för utomstående. Helgonen visste förresten inte om boktryckare Mozzi skulle kunna tillägna sig ens renskriften. Av många i branschen utpekades han allmänt som tre åttondels analfabet.

Hur som helst: Jacopo skrattade åt vår hotade vänskap, det var inte första gången den sades upp ensidigt av mig. Dessutom var det han som ägde den båt som möjliggjorde snabba förflyttningar mellan stadens teatrar. Så fick jag vackert följa med till Djävulen och Jungfrun, där vi blev sittande till långt efter midnatt, Jacopo med en helkaraff framför nosen och jag med papper och penna i knät. Hade man tur fanns det alltid någon som berättade en lustig, en ekivok eller en äcklig historia. Och var man nykter hann man kanske klottra ner den. Och var man kvickt på benen nästa morgon, hann man möjligen sälja den innan hela staden redan hört den.

Det var mulet och ett lätt vårregn föll, varför vi kunde ta oss över Canal Grande fram på småtimmarna utan att bli anropade. Det var på republikens tid inte förbjudet att röra sig ute om nätterna – men det väckte intresse. Och jag fasade för att få båt och tillhörigheter genomsökta av drulliga polisbetjänter. Då blev jag hellre rånad. Dels för att jag saknade kontanter och inte bar några persedlar av värde, dels för att

13

förbrytare sällan är läskunniga och därför inte bryr sig om papper. Polisen kunde läsa – eller rättare *inte* läsa mitt snabbklotter. Och allt som föreföll svårläsligt eller otydbart belades omedelbart med kvarstad för vidare utredning. Min salig far hade vid ett tillfälle suttit hos Polisen i nio dygn för en snabbutskrift av ett tal hållet av kyrkoherden i San Pantaleone med anledning av en konfirmation.

Men som sikten var usel, nådde vi utan minsta mankemang Rialto. Väl hemma i vår stadsdel ville Jacopo tvunget att jag skulle följa med honom upp på hans vindskammare. Jag vägrade först, ännu fanns kanske tid att skriva rent åtminstone första akten av Grisen i säcken, men så började han lägga ut texten om den nya lillpigan de fått i huset. Flickan som var från fastlandet hade svårt att fatta husets inre geografi. Till hennes uppgifter hörde att i gryningen öppna luckan till duvslaget och det var lätt att ta fel på dörren till taket och dörren till Jacopos skrubb. Två morgnar i rad hade flickan sömndrucken ryckt upp Jacopos dörr.

Jag föreslog förstås att han skulle regla sin dörr, men det ansåg han vara en alltför enkel lösning. I stället skulle vi i pedagogiskt syfte skrämma upp lillpigan en smula. Ur sin fars verkstad hade han lånat två masker av den modell som populärt kallades pestdoktorn och som mest framträdande attribut har en nästan fotslång, svagt böjd näbbliknande näsa. Förr i tiden stoppade doktorerna trasor indränkta med renande vätskor i näsnäbben för att pestsmittan skulle fastna där.

Vid det laget hade jag blivit så indragen i hans planer att det var för sent att dra sig ur; jag gav upp mitt sista lilla hopp att kunna ägna efternatten åt utskriften av Grisen i säcken. Vi tog med oss ett krus vin och klättrade upp på vinden. Där uppe klädde vi av oss nakna, tömde kruset, pinkade genom fönstergluggen och hjälpte varandra att spänna var sin illröd pestdoktor framför blygden. Sedan Jacopo kontrollerat att dörren var oreglad, lade vi oss tätt intill varandra i den smala bädden utan att täcka över oss med varken lakan eller filt.

När vi äntligen vaknade nästa dag hade klockorna i San Pantaleone redan slagit tolv.

Många hade hittat på snabbskrift före min far, men hans var unik genom sin totala oläsbarhet. Andra snabbskrifter är förvisso svårtydda men ändå till slut läsliga åtminstone för den som kastat ner klottret. När jag var fyra år började han lära mig grunderna. Jag kunde då ännu inte vare sig läsa eller skriva på vanligt sätt, vilket enligt min far skulle underlätta för mig att förstå hans principer. Far hade utvecklat sitt system när han ännu var ung bokhållare i Flottan. Ofta tvingades han ta diktamen under mycket svåra förhållanden. Inte bara att skeppet rullade, stampade eller hade slagsida; det var i allmänhet också mörkt. I den mån ljus fanns fladdrade det eller svängde med skeppets rörelser. Dessa var de bistra utgångspunkterna för hans försök att lära sig stenografera i blindo.

Snabbskriften skrevs med vänster hand med början i arkets högra övre hörn. Far fick idén från Leonardo den äldre, som använde spegelskrift som chiffer. Men fars grundprincip var en annan: det är lättast att skriva bakvänt med vänster hand. Skriver man framlänges kan texten lätt suddas till av den släpande handen. Snabbskriften bestod av en serie längre och kortare streck eller fördjupningar i pappret. Man måste därför ha ett mjukt papper. När snabbskriften senare skulle överföras i skönskrift lät man vänsterhanden försedd med en spetsig pinne löpa utefter fårorna, *samtidigt* som man med höger hand skrev ut texten på ett vanligt ark. Det underlättade om man tyst för sig själv mumlade orden både under själva diktamen och vid renskrivningsprocessen. Det hela var inte underligare än att den skolade musikern med ögonen följer noterna och låter händerna oberoende av varandra röra sig över tangenterna. Handen *minns*. Men inte hur länge som helst. Dröjde man med renskriften mer än tre fyra timmar riskerade man att handen började fumla.

När jag därför eftermiddagen därpå satt hos herr Villani, var det redan alldeles för sent att komma ihåg annat än strörepliker ur Albergatis Grisen i säcken – om det nu var Albergati. Men det gjorde för ögonblicket det samma; herr Villani hade inget som helst intresse av någon pjäsutskrift. Tvärtom skulle han i högsta grad ha ogillat hela företaget, om han känt till det. Som ålderman i skrivarnas skrå ansåg han sig för seriös för att över huvud taget sätta sin fot på en teater, än mindre tjäna en hacka på att stjäla texten.

– Käre unge vän, det är nu tredje gången vi tvingas avslå din ansökan att få överta din salig fars tillstånd, sade herr Villani och petade upp snus i sin pergamenttunna, aningen bläckfärgade näsa med hjälp av en kasserad gåspenna.

Jag var inte det minsta förvånad. Det var min mor som tvingat mig hit. Som alla mödrar hade hon två mål för ögonen: att jag skulle ha ett héderligt yrke – och att jag skulle gifta mig. Men att gifta sig vid tjugotvå års ålder föreföll mig lika dumt som att låta sig inväljas i skrivarskrået. Det senare öppnade visserligen möjligheten till en anställning i någon myndighet, ett stabilt handelshus eller i värsta fall inom Kyrkan, *men* det innebar samtidigt att man måste underkasta sig de synnerligen detaljerade regler som skrået antagit för skönskrift och snabbskrift. Om man nu kunde kalla det reglerade klotter för snabbskrift som för en enkel pjäsavskrift krävde minst tre helaftonsbesök och goda ljusförhållanden; det vill säja att man fick muta sufflören och tränga ihop sig med honom i hans bås mitt bland de osande lampetterna.

– Men, fortsatte herr Villani och snöt bort överflödigt snus i en turkisk näsduk, vi skulle kunna tänka på saken om

17

du pro primo demonstrerar din salig fars snabbskrift inför skrået och pro secundo underkastar dig de sex obligatoriska lärlingsåren under en legitimerad skrivare.

Vid ett tidigare tillfälle hade en sekreterare i skrået hotat mig med "långtgående förtretligheter" om jag inte avslöjade fars hemlighet. Alla yrkesmän visste ju att min far aldrig haft sin överman i snabbskrift – åtminstone inte i Venedig. Däremot tilltrodde man knappast mig att ha kommit särskilt långt i färdigheten. På sin höjd antogs jag kunna plita ner några av de vanligaste fraserna samt ha ett någorlunda hum om själva grundprincipen. När sanningen var att jag redan som trettonåring skrev snabbare än min far!

Med så mycken artighet och vördnad jag förmådde uppbringa tackade jag nej till herr Villanis förslag:

– Det är mig tyvärr fullständigt omöjligt. Vem skulle försörja min mor under min lärlingstid? Vem skulle betala av på min systers hemgift?

Herr Villani såg beklagande på mig, lyckades sedan ta sig upp ur stolen och stappla fram till ett skåp ur vilket han hämtade ett låst skrin.

– Min gosse, låt mig ur vår pupillkassa överlämna en halv dukat som gåva. Det är att uppfatta som en senkommen hyllning till din framlidne far.

Överlycklig och med känslan av att jag fått en gåva värd hundra gånger så mycket lämnade jag Skrivarnas skrå. Jag hade ingen brådska hem utan satte mig på närmaste kajtrappa och betraktade skräpet i kanalen. Där guppade en sträng ruttnande kålblad, en upp och nervänd bastflaska, ett bleknat apelsinskal vackert uppskuret som en lilja, ett fång krullig träull och en död duva invaderad av svartmyror. Allt tycktes mig lika ljuvligt. Underbar var också stanken från trädassen, som hängde som en samling holkar på husväggen mitt emot.

Inte ens det begravningsfölje som strax därpå i långsam

rodd passerade kunde på minsta vis grumla min glädje. Saligt log jag mot den florklädda änkan, mot de stelt blickande gondoljärerna. Likbåten med sina dödskallar och korslagda knotor i hamrat silver tycktes mig sprängfyllda av livsglädje.

Till och med själva kistan förvandlades till ett skattskrin fyllt med ädla pokaler och kläde så mjukt och följsamt att det skimrade i regnbågsmönster.

Herr Balabanoff hade fått pengar hemifrån! Han flyttade in hos oss strax efter min fars död. Första månaderna betalade han för sig regelbundet och utan tillstymmelse till anmodan, men andra vintern upphörde utbetalningarna av hans lön. Herr Balabanoff brydde sig föga om detta; äntligen trivdes han i Venedig när januaridimmorna låg som tjock rök längs kanalerna. Det påminde honom om S:t Petersburg. Han hade blivit skickad till oss för att studera sjötransporter i trånga vatten. Varför det inte längre kom några pengar visste varken herr Balabanoff eller vi. Sådant var vanligt i Ryssland, fick vi veta. Alla tog det med jämnmod. Antingen var man i onåd – eller så var det helt enkelt slut på pengarna. Och inte blev man gladare av att försöka ta reda på vilket.

Min mor lät honom stanna; han hade dittills varit en exemplarisk gäst, var förmodligen äkta adelsman och därtill synnerligen populär bland gondoljärerna i San Pantaleone. När det var som kallast lät herr Balabanoff ro sig i timmar genom de trängsta passagerna, mätte och gjorde anteckningar med sina bakvända bokstäver, bråkade aldrig om betalningen och bjöd dessutom på ett glas hett vin vid återkomsten. Detta när alla som kunde höll sig inomhus. Men om somrarna var det vår ryske gäst som höll sig inomhus. Han satt och sjöng på sin kammare. Vilket inte störde någon, då han alltid höll fönstret stängt.

Naturligtvis blev det besvärligt för oss när herr Balabanoff inte längre hade till hyran. Varken finkostymen eller mätinstrumenten fick han mycket för; de ryska vinkelhakarna

20

och tuberna höll inte venetiansk måttstandard. Men hans uteblivna hyra kunde vi kompensera med att mina uppdrag ökade: teaterföreställningar, recitationer och högtidstal. Jag tog också ströuppdrag från en privatdetektiv specialiserad på utomäktenskapliga affärer. Genom att muta tjänstefolket fick han mig placerad i skåp, under trappor eller i garderober. Där satt jag hopklämd i mörkret och tog diktamen. Den uteblivna hyran var därför inte kardinalproblemet; det var i stället grannarnas förutsägbara reaktion, om de fick veta att vår gäst bodde gratis. Det skulle omedelbart ha tolkats som att han intagit min fars lediga plats i sängen.

Således kom herr Balabanoff denna morgon nästan ramlande nerför trappan med armarna utsträckta för att hitta någon att i sin lycka omfamna. Då min mor farit till Murano kom det på min lott att gratulera. Sedan han dunkat andan ur mig ville han prompt ut på gatan och skrika ut sin lycka men hejdade sig och började stoppa mina fickor fulla med fuggersedlar. Mina protester fick honom att nära nog glida över i raseri. Till min oerhörda lättnad gick han dock plötsligt med på att deponera sedlarna i min mors kinesiska skrin för senare reglering av hyran. Men jag kunde inte hindra honom från att dra mig med till Pinottis för att fira med tre buteljer spumante, för vilka vi faktiskt lyckades utverka kredit. Det blev en fruktansvärd förmiddag och innan det klingat tolv från kampanilen stöp jag i säng.

Jag hade lovat hjälpa Jacopo leverera ett parti masker efter middagen, men självklart försov jag mig. Han blev förstås rasande. Mitt i värsta middagshettan hade han suttit i båten och väntat utanför vårt hus. Ingen hade hört hans bultningar på vår port. Jacopo var ju inte precis den som själv höll några tider, men just denna dag råkade det vara en synnerligen viktig leverans: Polisen hade beställt tvåhundrafyrtiofyra nya masker av diverse modeller, sedan de äntligen insett att vanligt folk kände igen en hemlig polis tvärsöver

Markusplatsen på masken. De hade dessutom krävt att maskerna skulle levereras när folk sov middag. Nu hamnade vi i stället mitt i den återuppvaknade trafiken och stakade in under polishuset så mycket för sent att det inte var någon idé att försöka med någon av de krångliga undanflykter som Jacopo tvingat mig hitta på under färden. Men till vår enorma lättnad tycktes ingen av polisbetjänterna känna till leveransen.

Biträdande polismästaren, som vi antog hade skött underhandlingarna med Jacopos far maskmakaren, hade samma middag blivit kallad i ett brådskande ärende till klostret San Giorgio, varifrån ingen visste när han kunde tänkas återvända.

Då vi lastat ur rodde vi fortast möjligt ut genom de öppna grindarna och omfamnade sedan varandra så uppspelta som om vi just lyckats med bedriften att fly ur självaste blykamrarna.

På hemvägen ville Jacopo att vi skulle ta Rio Moncenigo; han kände en dam där som han tänkte hälsa på.

– Jag vet inte om hon är änka eller om hennes man är krigsfånge. Men du skulle se henne! I förra veckan klättrade jag upp på taket mitt emot och där låg hon i all sin glans naken som en spädgris en bit in i rummet med fönstren till balkongen på vid gavel. Hon verkade sova till hälften nersjunken i en divan. Hennes hår räcker till naveln och är gnistrande rött som lagunen i gryningen. Yppig utan att vara fet men en hy som överglänser divanens sammet. Ena knäet höll hon lätt böjt och hennes hand vilade mellan låren. Och nu ska du höra: utan att öppna ögonen lyfte hon andra handen och vinkade till mig. Det är ett under att jag inte föll från taket! Som svar jamade jag som en katt.

Jag trodde honom förstås inte. Han var en mästare i att leva på andras upplevelser och beskrivningar. Äventyr han hört på krogen återberättade han gärna som sina. Det hade till och med hänt att han berättat för mig en kärleksupplevelse som jag bara några veckor innan läst högt för honom ur mina rapporter till privatdetektiven.

När vi kom till kvinnans hus – Jacopo trodde att det rörde sig om en markisinnan Leofanti – såg vi att tjänstefolket hängt hela det långa balkongräcket fullt med mattor för vädring. Det var de mest underbara skapelser av en kvalitet som säkert kostade en förmögenhet. Förmodligen krigsbyte. Jacopo höll under balkongen och jamade som en katt. Vi låg där ganska länge. Jacopo fortsatte jama och jag försökte se ut som om vi var i färd med att locka ner en katta som rymt upp i takfrisens ornament. Någon markisinna visade sig inte, men efter en halvtimmes jamande tömde en piga en slaskspann ur ett vindsfönster, dock utan att det kom på oss.

För att få vara i fred för allt folk som min mor samlat omkring sig nere i våningen hade jag flytt upp på taket. Där låg jag och tittade på fullmånen, som med sitt leende faktiskt liknade min far på dödsbädden. Han som i sitt friska liv varit mager som en påle, haft ansikte som en svältfödd häst och mungipor nertyngda av såsande magsaft, denne min far hade dagarna före sin död svällt upp till en klotrund honungsmelon. Det enda man kände igen honom på var rösten. Jag mindes varje ord han yttrat till mig då för tre år sedan:

– Det är ingen tragedi att bli faderlös vid nitton års ålder. En någorlunda intelligent och nyfiken ung man har i den åldern genomlevt ett helt liv, i teorin. Ingen mänsklig svaghet eller uselhet kan egentligen vara honom främmande, ingen lycka eller olycka förvåna honom. Han tror inte längre på kärringprat och välmenade lögner. Inte ens i sitt förhållande till religionen är han längre novis. I sin fantasi kan han föreställa sig allt, men detta allt är ännu en skrivbordsprodukt. Först i sitt kommande liv, i medelåldern och ålderdomen, skall han uppleva det han redan vet.

Jag började balansera bort över taken för att få ha månen för mig själv. När som helst kunde någon av gästerna därnere, min svåger som just anlänt, prokuristen Wulff eller den av mina framtidsplaner uppfyllde herr Balabanoff, tränga sig upp genom takluckan. Som pojke hade jag tillsammans med Jacopo praktiskt taget varje ledig stund rört mig över taken. Ofta gick det fortare än att tränga sig igenom de överfyllda gränderna eller staka sig fram på vattnet – om man nu över huvud taget lyckades tjata sig till att få låna båten. Det var i själva verket på ett tak jag första gången träffade Jacopo. Fram till mitt åttonde år hade min familj bott i San Martino intill Arsenalen, där min far var skrivare. Men detta år inträffade tre händelser av avgörande betydelse: min farmor som delade rum med min syster dog, min far blev protokollförare hos överintendenten för fiskmarknaden på Rialto, och bordellen i vårt hus bytte klientel. I decennier hade det varit en inrättning uteslutande frekventerad av Kyrkans män, vilka ju även på sin fritid gärna omger sig med en viss stillhet. Men detta år fick vi en ny patriark, som inte såg med blida ögon på prästerskapets tendens till isolering. Det blev inte längre comme-il-faut med särskilda glädjehus för klerikala behov. Vår bordell kom i stället att söka sin kundkrets bland de anställda på varven och repslagerierna, vilka ingalunda utövade sin kärlek i tysthet. Min far, då som ivrigast experimenterande med sina olika snabbskriftsystem, fick inte längre den arbetsro han behövde och sökte sig därifrån.

Nå: knappt åtta år gammal hade jag klättrat upp på taket till vårt nya hem, och vem stod där vinglande på taknocken med en åra som balansstång om inte maskmakarens Jacopo. Vi blev genast vänner utan att ens behöva brottas. Han tog mig med på en svindlande upptäcktsfärd som sträckte sig genom sju församlingar. Åran släpade vi med oss. När den inte gjorde tjänst som balansstång kunde den läggas som spång mellan två hus, över en gränd eller trängre kanal. Våra takfärder utgjorde inte enbart ett hisnande nöje och ett medel för snabba transporter; vi lärde oss mycket om liv och leverne. Från våra tak kikade vi ner i Venedig från en oväntad synvinkel. Vi såg barn födas och åldringar dö, tjuvar rota i vindsförråd och tjänstefolk älska bland smutstvätten på altanerna. I matvanor och bordsskick fick vi oväntade inblickar, vi studerade det rika fågellivet, duvornas eviga Följa John och hökarnas pilsnabba anfall från kampanilerna. Vi kunde också se vad som fanns på botten av kanalerna. Ju högre upp man befinner sig desto längre ner i djupet ser man, förutsatt att vattnet inte är alltför grumligt. Vi såg sten och bråte, århundradens krossade glas och porslin, vi såg revbenen efter sänkta båtar och tyckte oss ana vitnade skelett bland glittrande musselskal och slemmigt böljande, såpigt sjögräs. Och vi hade en svindlande utsikt över lagunen, där Venedigs alla öar drev i diset nerlastade till relingen av sten, sten och åter sten. Innan jag visste ordet av befann jag mig i kvarteren intill Rialtobron. Klockan i San Bartolomeo på andra sidan Canal Grande klämtade elva och jag funderade på att vända hemåt, när det slog mig att jag befann mig endast några minuters väg från palazzo Leofanti. Jag gjorde en lov runt fisk- och grönsaksmarknaden och fann utan svårighet det tak där Jacopo suttit och skrikit som en katt åt den nakna markisinnan. Om det nu var sant. Naturligtvis väntade jag mig inte att finna några uppslagna balkongdörrar och hetsande vyer vid den här tiden på natten, men som jag ändå var i trakterna kunde det vara praktiskt att ta reda på bästa utkikspunkten ner mot balkongen för framtida behov.

Är det förenligt med gott kamratskap att kika på sin väns nakna kvinnor? Mitt samvete sade mig att detta var ett gränsfall: hade Jacopo haft en affär med damen borde jag definitivt hållit mig borta. Är inte själva kvintessensen av vänskapen mellan män att vi låter varandras kvinnor vara? En man kan inte behöva spionera *både* på sin hustru och sin bäste vän. Är det inte det som skiljer mäns vänskap från kvinnors – att väninnor inte skäms att jaga varandras män? Å andra sidan var det inte ovanligt bland adeln i Venedig att äkta man och älskare var de bästa vänner, som gärna satt vid samma spelbord eller for till fastlandet tillsammans för att jaga. Personligen fann jag det svårt acceptera en vänskap som hade sin upprinnelse i äktenskapsbrott. Men som min far sagt: ännu var min syn på livet en skrivbordskonstruktion.

Jag kunde inte undvika att skrämma upp några duvor när jag tog mig uppför det branta taket mitt emot palazzo Leofanti. Deras vingslag klapprade upphetsat i natten. Livet är i verkligheten långt mer oförutsägbart och intrigant än i teorin: balkongdörrarna *var* öppna. Rummet innanför upplystes av minst ett dussin spegelförsedda lampetter, som stod i en ring runt den av Jacopo beskrivna divanen. Några ljuskällor stod direkt på golvet, men de flesta hade placerats på stolar, mindre bord eller piedestaler. I det intensiva ljusets fokus halvt nersänkt i divanen vilade en kvinna. Kinden stödde hon i vänstra handen, den högra vilade på det till hälften lyfta låret. Hon var naken så när som på ett vitt band om det röda håret. Hyn var rosig, kanske av hettan från lampetterna. Jag slog armarna om närmsta skorsten för att inte i min häpnad rutscha i kanalen.

Så blev jag sittande, en timme, kanske två. Kvinnan därnere var lika orörlig som jag. En enda gång såg jag henne vifta en insekt från ena bröstet, men hon återtog genast exakt samma position som förut. När jag lugnat mig något såg jag att hon inte var helt ung, säkert över trettio. Man kunde inte heller kalla henne spenslig. Vadorna var svängda som rejäla käglor och låren bastanta, magen välvd, naveln gömd, midjan inte särskilt skarpt markerad och brösten tunga. Också halsen var kraftig utan synliga muskler.

Skulle jag jama? Skulle jag skälla? Sjunga, ropa, gnälla, jubla, harkla mig eller vissla? Jag beslöt att hålla käften. Jag ville naturligtvis bli sedd av henne; så som jag nu betraktade hennes kropp ville jag att hon skulle betrakta min. Jag ville kasta mina kläder, breda ut armarna och flyga rätt in i hennes leende. Men hur skulle hon alls kunna se mig, bländad som hon var av dussinet lampetter? Jag fick nöja mig med att smeka skorstenen och kuttra åt duvorna som tvekande mitt i

27

stegen och med ideliga misstänksamma huvudvridningar nu åter spatserade på sitt tak. Gradvis, som en tömd lem, sjönk min upphetsning och jag började bli sömnig. Skulle jag berätta detta för Jacopo? Skulle han bli arg när jag jämförde denna natts intensiva ljusvision med hans korta glimt av henne i dammig eftermiddagsdager? Samtidigt ville jag till varje pris få dela min upplevelse med någon, men om inte med Jacopo, så med vem? Herr Balabanoff? Längre hann jag inte i mina funderingar, förrän kvinnan plötsligt rörde sig. Som på kommando satte hon sig abrupt upp i divanen, drog loss hårbandet och lät sitt krusiga kopparhår rinna ner över brösten. Sedan böjde hon sig fram, granskade sina tånaglar och satte sedan igång att gnida tårna mellan tumme och pekfinger. Hon vände sig åt höger och ropade något som jag inte uppfattade. En negress kom genast ilande med en morgonrock. Damen klev ur divanen, kurade som om hon stigit ur badet och gled in i morgonrocken. Negressen försvann med ett par lampetter, och i stället trädde en annan figur in på scenen. Det var en liten böjd herre iförd en illasittande linnerock, som förmodligen varit vit men som nu flimrade av färgfläckar på bröst och underarmar. Herrn bjöd henne armen och de försvann bägge åt höger. Länge väntade jag. Den enda som kom tillbaka var negressen som släckte lampetterna.

Att undvika boktryckare Mozzi visade sig naturligtvis inte vara möjligt i längden. Jag väcktes tidigt om morgonen av kokerskan med besked från min mor att jag omedelbart skulle infinna mig i vad hon kallade salongen och vi andra matrummet. Moltyst satt han med kritpipan stödd mot ena kortänden av bordet. Min mor tronade mulet vid andra änden:

– Herr Mozzi är här för att hämta sitt manuskript!

Som jag inte gärna kunde säja att jag supit med Jacopo den aktuella natten i stället för att renskriva pjäsen, var jag dum nog att kasta ur mig vad som först råkade komma i mitt huvud:

– Jag vågade inte skriva rent det då det dessvärre kommit till min kännedom att ni, herr Mozzi, saknar författarens tillstånd att trycka pjäsen.

Herr Mozzis långa kritpipa föll ur hans mun och skaftet bröts i fyra delar mot stengolvet som en spröd makaron. Kokerskan som stått och lyssnat i köksdörren sprang fram för att plocka upp delarna men skrek gällt när boktryckaren satte sin stövelklack på hennes hand. Sedan den stackaren gråtande skyndat ut bad min mor mig lugnt att jag skulle återvända upp på min kammare. Det dröjde närmare en timme innan jag hämtades ner igen och delgavs den överenskommelse min mor kompromissat sig till: herr Mozzi kunde visa sig beredd överse med det skedda, trots att det orsakat honom betydande ekonomiskt avbräck, *förutsatt* att jag hjälpte honom skaffa fram en fortsättning på en följetong, En

29

ung adelsmans sannfärdiga bekännelser, som han året innan tvingats lägga ner i brist på material, men som förmodligen kunde visa sig vara lönsam att återuppta.

I boktryckarens sällskap begav jag mig omedelbart till litteratören Gonzo Giustiniano i jakt på en författare som kunde diktera för mig. Efter en timmes väntan visades vi in till litteratören, som ursäktade sig med att han just stigit upp från sin siesta.

Gonzo Giustiniano hade ett par decennier tidigare invandrat till staden med två tomma händer men med en idé i huvudet: att intressera venetianarna för växternas, särskilt trädens, andliga liv. Han predikade en själavandringslära som helt ignorerade djurriket och menade i stället att människan efter döden återuppstår som växt. Även om trädet stod som symbol för det högsta stadiet av återfödelse räknades alla landväxter, buskar, sädesslag och blommor som positiva. Negativa var växter som hade rötter i vatten; det mest förnedrande av allt var att återfödas som sjögräs. I åttiotalets panteistiska strömningar hade Giustinianos växtfilosofi spritt sig som en gräsbrand mellan salonger och assembléer. Nu var hela härligheten sedan länge glömd, men litteratören hade hunnit skaffa sig en position i Venedigs litterära liv, som ingen kunde göra honom stridig. Herr Giustiniano, som tog emot i sitt orangeri där ett otal förvridna kaktusarter kämpade mot fukten under de kalkade glasrutorna, såg inte alls ut som någon svärmare. I den strikta blå rocken och de vita knäbyxorna liknade han mest av allt en officer som dragit sig tillbaka.

– Det är jag som är bokförläggaren Mozzi, och det här är min sekreterare, herr Cappiello. Vi har tagit oss orådet före att störa er, herr doktor, för att be om ett litet råd i en litterär angelägenhet.

– Det finns ingen litteratur värd namnet längre i Venedig! Pamflettister och kåsörer härjar som bladlöss – när de inte

30

trycker i sina hålor för att avvakta den politiska situationen. Intresset för det storslagna finns inte längre. Var och en försöker göra karriär på sin fason. Lyd en vis mans råd: byt bransch. Varför inte ett byggföretag som kan exekvera något storstilat inom stadsplaneringen!

– Rätt, helt rätt... Att vi nu söker upp er herr doktor hänger samman med att ni så att säja symboliserar just det storslagna. Vem minns inte ert ode till hasselbusken! Vem minns inte ert mod när marinministern angrep er offentligen för att ni ville skydda Montellos ekar! Med andra ord: vi känner er som en kontinuitetens försvarare, som den som skulle kunna tänkas vilja föra en berättelse vidare...

– Söker ni en följetongsförfattare, måste jag göra er besviken, herr förläggare. Som protest mot samtidens dåliga smak har jag för alltid nerlagt min penna!

Herr Mozzi tittade förvirrad på mig för att få stöd och jag sade:

– Självklart har idén aldrig fallit oss in att försöka engagera en sådan kapacitet som er, herr doktor. Man uppsöker ju inte Leonardo da Vinci för att få sin klocka lagad. Nej, vad vi dristar oss be om hjälp med är enbart en liten hänvisning till någon mera ordinär författare som skulle kunna tänkas vilja överta en följetong om personliga relationer...

– Pornografi förstås!

– Absolut inte! protesterade Mozzi. Det gäller en fingerad dagbok.

– Alltså gäller det pornografi. Har ni förresten varit i kontakt med Pizzigani? Han behöver pengar. Kyrkan har ju länge understött hans gudsnådeliga krönikor. Nu är Kyrkan på reträtten – eller är hon inte på reträtten? Om vi bara visste, mina herrar, vad framtiden har i kikaren: skall vi satsa på ateismen, på panteismen, på Frimurarna eller på att påven lierar sig med Bonaparte? Där har ni Pizziganis dilemma. Under tiden måste han försörja sig.

31

– Min beläsenhet i herr Pizziganis verk är dessvärre inte fullständig, sade herr Mozzi. Har han fantasi?

– Fantasi har han inte. Men han har stil. Visserligen lånad men konsekvent. Är ni ute efter fantasi, kanske Barovier vore något att tänka på?

– Är inte han poet? dristade jag mig inflika.

– Poet och poet... epiker är han inte. Om den som inte är epiker automatiskt är poet, det tål att tänka på. Han har god hand med adjektiven. Man behöver bara stryka vartannat för att hans texter skall bli om inte njutbara så i varje fall uppnå ett visst mått av det obegripligas mystik. Om Pizzigani gör allt för pengar, gör Barovier allt för smicker.

– Vid närmare eftertanke kanske vi kunde nöja oss med en journalist? försökte herr Mozzi som nu började svettas oroväckande i drivhuset.

– Journalister är nog bra. Men de hittar på för mycket. Kanske den där glopen Fiocco vore något för herrarna... Har bara en tanke i huvudet: kvinnor. Titta ner på Florian någon kväll. Han har stambord där. Bjuder man honom på en kakao får man prompt höra om hans senaste erövring.

– Och han har stilen i sin hand? frågade herr Mozzi innan han blek och blöt sjönk ihop på en stor röd sten mitt bland kaktusarna.

– Stil saknar han definitivt. Men han har svada. Som alla goda muntliga berättare saknar han totalt litterär talang. Kan till nöds pränta ihop några notiser. Lögn mest förstås. Varför inte låta er sekreterare skriva ner vad Fiocco skrävlar om? Det bör bli billigare än att beställa texter direkt.

Också den av fukten och hettan helt oberörde Gonzo Giustiniano uppmärksammade nu herr Mozzis dåliga tillstånd och förde oss tillbaka till väntrummet, där flera yngre förmågor i artistisk klädsel satt och väntade med manuskriptbuntarna i knäet. Innan vi tog adjö gav doktorn oss ett sista råd:

– Vore jag förläggare skulle jag strunta i skribenterna.

32

Skaffa er en flink kontakt på biblioteket. Vad tjänar det till att försöka tävla med klassikerna? Se till att få fram något av de antika verken, byt namn och annan rekvisita. Konst kommer av konst precis som trädets krona plagierar dess rötter! Boktryckaren var så tagen av besöket att han bad mig att snarast föra honom till hans hus, så att han kunde gå till sängs. Själv hade jag också hoppats kunna pusta ut en smula i lugn och ro, men när jag kom hem hade vi besök av min syster och hennes tvillingar.

I kammaren var stämningen uppåt värre: herr Balabanoff hade tagit fram sin vita näsduk och knutit en "råtta", en korvliknande tingest med svans och öron. Runt omkring hade bortåt tjugo personer samlats, mest barn från gatan. Ryssen höll näsduksråttan i ena handen och smekte den med den andra. Med en violinists skicklighet fick han råttan att hoppa och spritta som i flykt uppför armen, innan han återförde den genom att ta tag i svansen. Ett efter ett fick barnen komma fram och klappa råttan, som först höll sig förrädiskt lugn för att sedan blixtsnabbt kila upp i nacken på herr Balabanoff och därifrån ta ett språng rätt ut bland barnen. När glädjen stod som högst blev ryssen plötsligt tvärarg och körde varenda en ur huset inklusive mina systerdöttrar.

Jacopo och jag satt i hans fars sandola i vår källare och väntade på herr Balabanoff. Vattnet kluckade och blänkte grönt, det kändes som om vi befunnit oss inuti en gigantisk damejeanne av glas. Jag hade samma morgon fått en vänlig inbjudan från underbefälhavaren vid Arsenalen, kommendören Bellincion Berti, som en gång varit min fars överordnade. Min mor och jag vågade inte ställa alltför våldsamma förhoppningar till denna inbjudan, men vi utgick ifrån att det handlade om pensionen efter min far, ett ärende som i tre år befunnit sig i den juridiska labyrinten. Herr Balabanoff hade utbett sig att få vara med, då han nu såg en möjlighet att återknyta sina av ekonomiska skäl avbrutna kontakter med Marinen. Jacopo slutligen hade aldrig varit innanför Arsenalens murar och ställde därför mer än gärna upp med båten.

– Kanske erbjuder man dig en tjänst i Arsenalen! sade Jacopo där vi satt och gungade med armen om var sin påle.

– Jag tänker inte söka anställning, sade jag. Varför skulle jag det? Jag tänker skriva av alla succéspjäser som finns och låta trycka dem själv!

– Under eget namn?!

– Javisst. Det är ju de facto jag som skrivit dem!

– Du är galen!

Längre hann vi inte i utmålandet av min karriär, förrän herr Balabanoff äntligen behagade klättra ner för stegen iförd sina nya kläder: pärongrön rock, rökblå väst och svarta byxor. Kråset kring halsen var så ymnigt att det nästan hindrade honom från att tala, spetsmanschetterna så långa

34

att endast fingertopparna var synliga. Märkligast var rockens vänstra bröststycke. I snart två dygn nu hade två flickor från madame Santiagas atelier broderat de ryska ordnar och kraschaner vars metalloriginal antingen blivit kvar i Ryssland eller skingrats av pantlånaren. Herr Balabanoff var för dagen varken på sitt gråtmilda eller sitt storvulna humör; han befann sig trots sitt ekonomiska uppsving i sin kontrollerande sinnesstämning. Innan han gick ombord i Jacopos faders båt knackade han med käppen här och där på skrovet som en fiolbyggare som lyssnar efter sprickor. Äntligen nöjd klev han i och satte sig på bänken spikrak i ryggen, drog upp sin mässingsrova och uppmanade oss att ställa våra klockor efter hans. Vilket vi låtsades göra med ryggarna mot honom; ingen av oss innehade något fickur.

– Med rätt tid kan man lätt bestämma positionen, förklarade han. Med känd position kan man alltid med planeternas hjälp bestämma tiden. På detta enkla vis korresponderar tid och rum.

Det blev en guppig och krängande färd från Rialto till Arsenalen. Eftersom vi var så försenade var det helt uteslutet att ta sig runt Markusplatsen på insidan. Vi fick kämpa oss tvärs över bassängen i hård sidvind, jag hukande i fören och Jacopo i aktern. Utan herr Balabanoff hade vi förmodligen kapsejsat. Nu satt han där tjock, trygg och rak som en kommod.

Delvis nerblötta och lomhörda av vinden drev vi in i Rio di Arsenale och fram mot den höga porten i tegelmuren med det berömda soluret till höger och lejonen till vänster. I vaktbåten satt man och åt när vi närmade oss, varför en mycket flyktig blick ägnades min skriftliga inbjudan. Vi hade sedan att passera under de kraftiga kättingar som hängde spända tvärsöver kanalen för att hindra större farkoster från att objudna tränga in i Arsenalen. Jacopo och jag fick stå på knä och paddla med nästan horisontala åror. Herr Balabanoff däremot satt lika rak som förut och vid flera tillfällen var det inte mer luft mellan hans hatt och kättingarna än att man möjligen kunnat få in ett papper.

Det visade sig – inte oväntat – att kommendören Bellincion Berti var frånvarande, när vi förtöjt vid hans kansli. Kommendören hade tvingats bege sig till biträdande polismästaren i ett känsligt ärende, men väntades åter före kvällen. Det var med viss lättnad vi slog oss ner på bryggan för att tömma vattnet ur skorna och vrida vätan ur strumporna.

Framför oss bredde de väldiga bassängerna ut sig, den gamla och den nya, bägge kantade av de långa båthusen som makabert nog liknade tätt ställda likkistor med fotänden mot sjön. Vid pontonerna i nya bassängen låg ett par avmastade fregatter, i övrigt syntes av krigsskepp enbart galärer. Några pågående nybyggen kunde vi inte se, bara mer eller mindre skamfilade skrov intagna för reparation.

Särskilt mycket folk syntes inte heller. Vi kunde se småpojkar klättra i en mastkran och några sotiga män koka beck. I övrigt fanns bara soldaterna på murarna och frivakten som låg på en flotte intill norra porten och metade. Jag berättade för den intresserade Jacopo – herr Balabanoff var fortfarande stel och otillgänglig – om hur här kryllat av liv ännu för femton år sedan, då jag brukade hämta min far på kansliet. Och hur jag hört om Arsenalen ännu längre tillbaka: en gång var det inte bara världens största varv – det var den största arbetsplatsen i världen med över femtusen anställda; därom kan man läsa hos Dante. Men trots den loja eftermiddagsstämningen ekade ett outtalat ord hela tiden mellan magasin och murar: Lepanto! Hur många gånger hade jag inte hört om hjältedåden och fasorna när vi slog Turken vid Lepanto 1571, livfullt återgivna av dem som inte var med.

Fram i kvällningen tinade herr Balabanoff upp och började berätta om Ryssland. Och förstås om sitt favoritämne, arkitekten Rastrelli, italienaren som satt en så stark prägel på S:t Petersburg. Det var beundran för denne Rastrelli som fått herr Balabanoff att börja studera italienska och senare söka sig hit. Rastrelli härstammade ingalunda från Venedig, men det bekymrade inte herr Balabanoff; som de flesta utlänningar ansåg han Venedig helt enkelt vara en del av Italien. Han anförtrodde oss också att han valt den gröna nyansen på sin nya rock efter färgen på en av Rastrelli ritad katedral i Kiev.

Kommendören anlände i skymningen, utan att vi såg honom komma. Min far hade berättat om de hemliga portar och slussar som fanns till Arsenalen, och jag antog att kommendören tagit sig in den vägen, för plötsligt kom hans adjutant skenande över bryggan och ropade på mig. Vi hade gjort upp att Jacopo skulle vänta med båten och herr Balabanoff följa med mig för att bli presenterad för kommendören. Men adjutanten viftade bort alla försök; kommendör Berti önskade tala med Ciacco Cappiello *ensam*. Jag tog ryssens händer – något svåråtkomliga bland alla spetsar och krås – och beklagade djupt att han rest förgäves. Men herr Balabanoff var på intet sätt besviken. Hemifrån var han van vid vad han kallade stegvis audiens: vid första försöket blir man avvisad i porten, vid andra i väntrummet – först tredje gången blir man uppsatt på den lista varifrån vederbörandes sekreterare till synes slumpvis ropar upp namnen på dem som tillåts gå vidare till inre väntrummet.

Kommendören Bellincion Berti hade barberaren hos sig när jag visades in.

– God kväll, Lille gris! sade han och sträckte ett par fingrar mot mig.

Hans utomordentliga minne chockerade mig; det var femton år sedan jag ränt här och allmänt kallats Lille gris. Man satte fram en stol åt mig medan baronen rakades färdig. Sedan klev han bort till skrivbordet, fortfarande med en ångande handduk runt huvud och hals, och drog upp en börs ur något lönnfack vars mekanism uppenbarligen kärvade, för en kadett fick tillkallas att hålla spjärn. Börsen kastades till mig med repliken:

– Ett litet förskott bara!

– Min mor sänder sina hälsningar. Vi trodde herr kommendören ville lämna besked om min salig fars pension...

– Pensioner, pensioner... Snart går hela Republikens samlade tillgångar till pensioner. Såg du varvet? Dött som en bakgård under siestan! Pengar, Lille gris. Ge Marinen pension också, brukar jag säja, så skall vi bygga den största flottan i världen! Till saken Ciacco: jag har ett uppdrag åt dig, ett synnerligen sekret uppdrag...

– Varför just jag? Som inte är med i skrået?

– Finns ingen flinkare liten skrivkarl än den som haft lyckan ärva sin fars expressklotter. Marsch pannkaka, nu skall du göra skäl för dina dukater!

Mina misstankar besannades: det fanns andra kanaler till och från eller inom själva Arsenalen än de synliga. I kölvattnet på kommendören och dennes adjutant och följd av vakthavande kadett begav jag mig nerför en djup spiraltrappa. Ju längre ner trappan förde oss, desto halare blev trappstegen och ljudet av droppande vatten tilltog. Vi måste ha nått långt under vattennivån när trappan äntligen mynnade vid en smal kaj. Över oss hade vi en serie kryssvalv av mossigt och vitfläckat tegel. I den lilla underjordiska hamnen låg ett par vanliga svarta gondoler, en större gondol med hytt som på en likbåt med den skillnaden att sidorna bestod av svarta förhängen i stället för glas; vidare en vanlig roddbåt och två egendomliga flytetyg, inte olika gondoler till formen men kortare, bredare och med skrov av tjärad kork. Korksidorna var hårt åtgångna som om de små båtarna klämts och kantstötts i otaliga slussar. Vattnet som gled förbi kajen var mycket strömt, fyllt med skum och hålvirvlar.

Vi tog plats två och två i korkbåtarna: kommendören med sin adjutant, jag med kadetten som envisades med att inte vilja se mig i ögonen. Vi gjorde loss och lade ut i strömmen och drev snabbt in i en mörk tunnel, där den lätta båten for mellan väggarna som ärtan i ett rör. Stötarna var så häftiga att man fick hålla sig med alla krafter i de läderstroppar som satt fästade i durken. Hela tiden ökade farten, jag höll andan och blundade.

Plötsligt befann vi oss i en underjordisk lagun där vattnet var nästan stilla. Det visade sig vara en sluss hjälpligt

39

upplyst av glödande kol i järnkorgar placerade i tegelväggarnas nischer. Bakom oss gled ett par järnskodda slussportar igen.

Suckande och kluckande sjönk vi långsamt allt längre ner i slussen: tio fot, tjugo, trettio... Till slut upphörde nivåmarkeringen i väggen och vi praktiskt taget stod i bottnens blålera med takvalvet och glödljuset högt över våra huvuden som en katedral i sista solnedgången. Vi vickade oss ur slussen, där ett par bleka ålar flämtade i leran, och kom ut i ett mångförgrenat kanalsystem upplyst genom gallerförsedda ljusbrunnar i taket. I själva verket gick det inte att avgöra om vi gled på en sjö eller i separata kanaler – kolonner av tegel steg direkt upp ur vattnet och böjde sig som stjälkar till gotiska valv höga och trånga som orgelpipor. Efter en stund sänktes valven, något ljus kom inte längre uppifrån, i stället blev sjöbotten liksom självlysande. Bulliga, vita kalkklippor flimrade som bleka moln i djupet under oss paljetterade med guldfärgade snäckor och öppna musselskal i svart och pärlemor.

Tegelvalven övergick i naturlig stalaktit vars stelnade skägg släpade i det ljusgröna, kalkskummande vattnet. På avstånd hördes plask och porlande i regelbundna intervaller som från ett väldigt vattenur. Så småningom tillkom en entonig sång, stötvis, som ur ett pinat bröst. Grottan ökade i vidd och tre väldiga kvarnhjul blev synliga vilka långsamt och hackigt gick runt som drivna av kuggar. Men det var ingen vattenkvarn. När vi drev mellan dem – de var höga som husgavlar – såg jag att det var enorma trampkvarnar: utefter hjulens sidor stod män klädda i endast höftskynken och trätofflor och trampade tre och tre i bredd. Vatten glittrade mellan böjda skuldror och droppade från oklippt hår och stelnat droppstensskägg. Men deras stönande sång var torr som kommen ur strupar av krita. När vi passerade under dem vände de sina ansikten ner mot oss. Deras ögon saknade pupiller, vita som hönsägg reflekterade de det nerifrån kommande ljuset.

Vi var förbi på någon minut, men jag hann ändå se och inse att dessa enorma trampkvarnar var mer än tillräckliga för att framkalla strömmen i de underjordiska kanalerna eller reglera nivån i slussarna. Deras uppgift måste vara ännu mycket större. Som pojke hade jag hört fantastiska historier om att det någonstans i Venedigs innandöme skulle finnas ett väldigt pumpsystem, som reglerade inte bara kanaler och kloaker, utan nivån i hela lagunen, från Iesolo i norr till Chioggia i söder. Och vilka var dessa olyckliga som sorgset sjungande levde fjättrade vid hjulen som galärslavar under däck på en sjunkande stad?

Slutligen gled vi in i en hamn praktiskt taget identisk med den vi lämnat, med det undantaget att trappan upp var rak och inte spiralformad. Vi småsprang uppför trappan för att skaka av oss kylan och vätan, passerade en hall, där ett par vakter satt och sov framför en stor öppen stenspis, och kom så in i ett mindre rum, väl möblerat med stolar, soffa, skrivbord och turkiska mattor på väggarna. I inre hörnet fanns en eldstad och vid ytterväggen bakom skrivbordet satt ett högt fönster. Ena fönsterhalvan stod uppslagen mot natten och i fjärran syntes glittret från ett par mindre öar eller större skepp. En hastig svindel drabbade mig: hur kunde vi befinna oss *ovanför* havsytan, när vi hela tiden rört oss *neråt*? Jag vacklade fram till fönstret för att orientera mig. Det var ingen tvekan längre, jag kunde till och med identifiera de svarta cypresserna på den totalt mörklagda San Michele.

Bellincion Berti vräkte sig i soffan och tittade hastigt igenom en bunt papper; adjutanten och vakthavande kadett hade försvunnit genom en sidodörr.

– Nu skall du lyssna noga, Lille gris, sade han. Vi har fått den egendomligaste figur på halsen, som varken polismästaren eller jag kan avgöra om han är profet, spion eller galning.

41

Han blev tagen för en vecka sedan av nattvakten som i första gryningen såg en figur sitta grensle högst uppe på Punta della Doganas gyllne klot. Ingen kunde förstås begripa hur han hamnat där. Nåväl, Polisen var i detta fall för en gångs skull ovanligt kvicktänkt, och rekvirerade genast en pråm försedd med mastkran som låg för ankar strax intill. Med kranen lyckades de fira över mannen till en polisbåt, innan solen stod så högt på himlen att allmänheten fick klart för sig vad som pågick. Eftersom han togs på ett område lydande under Marinen fick jag honom på halsen. Nå, eftersom ingen kommit på en förklaring till hur vederbörande hamnat uppe på klotet – för såvitt han inte kommit flygande som en annan montgolfière – kan vi varken döma honom eller släppa honom. Lägg därtill att han pratar en ohygglig massa gallimatias *samt* att han vid ett par tillfällen yppat kännedom om sjömilitära förhållanden, så hemliga att jag själv knappt vet om dem... Ja, kort sagt: skriv ner allt vad den göken säjer. *Allt.*

I samma ögonblick återvände adjutanten och kadetten med en tredje person mellan sig. Denna person var av medellängd, kraftigt byggd och gissningsvis omkring de fyrtio. Han var klädd som en borgare eller bättre hantverkare, även om klädseln bar spår av en veckas fängelsevistelse. Man hade inte satt några bojor på honom. Egendomligt nog försökte ingen hindra honom när han lämnade sin eskort, gick tvärs över rummet, tog en stol, placerade stolen framför spisen och slog sig ner med ryggen mot oss.

– Är ni hungrig? frågade kommendören.

Men fången reagerade inte. Kommendören vände sig till mig, som satt vid skrivbordet med pennan i högsta hugg:

– Vad tycker du, Ciacco? Hur länge skall vi tolerera att herrn därborta vänder oss ryggen och vägrar ta emot vår gästfrihet?

Jag visste inte vad jag skulle svara, eller vad han förväntade sig för svar. Redan tidigt i livet hade jag som de flesta insett att överordnade sällan uppskattar ärliga svar utan föredrar de förutsägbara.

Skulle jag föreslå kommendören att låta vakten ge fången en omgång – skulle jag rent av be honom tillkalla någon specialist på pinligt förhör? Som om han hört mina tankar, fortsatte han:

– Hur får vi lättast och säkrast sanningen ur våra medmänniskor? Genom att skrämma dem, plåga dem, eller att bli vän med dem? I det ena landet efter det andra uppe i Europa diskuterar man nu att förbjuda tortyr. Utom i Frankrike där man nyligen gjort helt om. Jag är ingen idiot; visst kan man få sanningen ur en snattande gosse genom att ge honom en örfil eller två, men vad han berättar om vi krossar hans naglar, behöver det ha något som helst med sanningen att göra? Hur många tusen-och-en-natt-sagor kan vi tacka våra bödlar för?

Kommendören reste sig och ställde sig bakom fångens stol och sade:

– Inse mitt val: antingen övertygar du mig om att du är en

43

oförarglig stolle och jag låter dig löpa. Eller jag låter tysta dig.

Fången svarade inte nu heller, utan böjde sig bara närmare elden.

Bellincion Berti höjde händerna, lät dem falla mot låren med en besviken klatsch och återvände till soffan där han sjönk ner i grubbel.

– Förlåt, herr kommendör... Men skall jag skriva ner både frågorna och svaren?

– Vilka svar?

– Jag menar, skall jag protokollföra *allt* som yttras i detta rum oberoende av vem?

– Allt.

– Också det jag själv kan tänkas yttra?

– I den mån du kan tänkas yttra något: ja.

Kommendören lämnade plötsligt rummet utan förklaring. Eftersom jag inte fått några nya instruktioner satt jag kvar på helspänn vid skrivbordet och fortsatte stirra på fången. Till min förvåning reste han sig och gick fram till fönstret. Jag for upp ur min stol beredd att hejda honom, men sjönk ner igen. Han utstrålade en självklar och lugn auktoritet.

– Men ännu flyter hon, sade fången högt och tydligt, lämnade fönstret och satte sig åter på stolen.

Jag skrev "Men ännu flyter hon" och väntade på mer. Men det var allt. Yttrat på felfri italienska där man kunde ana en provinsiell brytning, som var i det närmaste omöjlig att identifiera på grund av yttrandets ringa längd.

– Vem flyter? frågade jag.

– Republiken Venedig.

"Vem flyter?", "Republiken Venedig", skrev jag och funderade hur jag skulle markera replikerna: skulle jag skriva "Fången säjer" och "Skrivaren säjer" eller som då jag stal pjästexter på teatern bara FÅNGEN och SKRIVAREN? Jag beslöt att tills vidare inte markera alls, utan nöja mig med att hålla isär replikerna genom att börja ny rad.

– Men hon kommer att sjunka?

– Hon sjunker redan.

Hans sätt att tala påminde mycket om folkets från enkla-verna. Så talade den som vuxit upp i Levanten eller på Cy-pern, en smula ålderdomligt med andra ord. Innan jag hann komma med nästa fråga återvände kommendören, nu iförd nattrock, tofflor och puffande på en pipa. Jag skrev snabbt ut de få replikerna i klarskrift med höger hand och räckte tyst över dem till kommendören, som läste, gäspade och sade:

– Ja, ja... ja, ja... Men *när* sjunker hon?

– När skeppen parar sig.

Kommendören tittade full i skratt på mig och upprepade:

– När skeppen parar sig?!

Fången reste sig häftigt ur stolen och kom fram till mig och nästan röt i mitt öra:

– Och får avkomma!

– Föder småbåtar? frågade kommendören.

– När du inte behöver bygga skepp utan dom föds.

Jag hann märka hur kommendören studsade till när fången tilltalade honom med "du", men han lät insulten pas-sera. Fången stod kvar tätt intill mig stödd på bägge nävarna mot skrivbordsskivan, som om han var angelägen att hans svar skulle tas till protokollet.

– Det där har vi hört dagligen i en vecka nu, sade kom-mendören. Det är möjligt att en mera otålig person än jag skulle låta döma dig för intrång i den marina sekretessen... Få avkomma! Jo det skulle passa våra styrande att få Arse-nalen gratis förvandlad till en barnkammare... Låt mig nu för hundrade gången fråga... och jag vill ha *svar*: vad gjorde du på Punta della Doganas gyllene kula? Hur kom du dit? Och vem är du??

Fången drog in luft genom näsan några gånger, som för att samla sig, och svarade:

– Jag föll ner från himlen.

Kommendören suckade uttråkad, plingade i klockan han hade framför sig på soffbordet och fången blev avförd från rummet.

– Han har gjort sig skyldig till intrång på förbjudet område. Jag kan få honom dömd för det, så är jag av med hela affären. Men vad har jag för garantier att Polisen inte fortsätter förhören? Och får ur karln något som kan tolkas som försvarshemligheter? Då sätter de dit mig, Ciacco.

– Skall jag skriva ner också det sista?

– Nej för fanken!

Huset var tomt igen; min mor hade för andra gången samma månad begivit sig till Murano för att meddela min syster och hennes familj en glad nyhet: att jag, hennes ende son, nu låg i allvarliga förhandlingar med själve Bellincion Berti angående min fars pension. Givetvis hade det varit komplett omöjligt för mig att avslöja den rätta naturen av mitt besök i Arsenalen för någon enda utomstående.

Herr Balabanoff var också borta, inte för att jaga rätt på sitt skingrade instrumentarium, utan för att prova ut en ny peruk. Han kände sig synnerligen uppmuntrad av att ha släppts in i själva Arsenalen och planerade nu vidare för sin trestegsaudiens, där nästa mål var att bli uppförd på någon form av besökslista, en lista som ingen av oss ens visste om den existerade – ett faktum som inte på något sätt lyckades nerslå hans optimism. När jag varit ofin nog att fråga vad han tänkte sig få ut av ett eventuellt samtal med kommendör Berti, hade ryssen stirrat på mig som om jag varit analfabet. En audiens hos en högt uppsatt person hade i första hand inte till mål att något särskilt skall avhandlas eller utlovas; en civiliserad audiens var främst en akt av artighet och ett sätt att göra sig *synlig*. Den som en gång blivit synlig kunde sedan räkna med att lättare bli sedd igen.

Jag hade på eget bevåg åtagit mig att hålla utkik efter ryska mätinstrument och låg nu på min kammare och studerade en lapp som herr Balabanoff präntat med sin barnsliga, latinska nybörjarstil: *En Sasjen är lika med sju Fut*. I köket under mig höll kokerskan på att skura grytor och på andra sidan väggen kunde jag höra vår hyresvärd, prokuristen Wulff, hosta ihållande och skrälligt som om han haft sjögräs långt ner i bronkerna. Att lyssna till någons svåra hosta är knappast behagligt, men jag kan gott säja att jag var van: de första ljud jag minns från vaggan – efter min ammas nynnande joller – var min farmors hosta. När anfallen blev henne för svåra brukade hon komma in till mig och luta pannan mot vaggan. Det lugnade, påstod hon. Farmor kallade sin hosta för mjölhostan, då hon som dotter till en bagare gått i ett ständigt vitt damm fram till sitt giftermål med min farfar, som i sin egenskap av typograf led av blyhostan. Min far hade sjöhostan efter sin korta tid på sjön. Min mor ansåg sig ha ärvt sin hosta, och för att återgå till hyresvärden, prokuristen Wulff, led han av kanalhostan förklarad så att hans lungor var ett med hans födelsestad – ju mer kanalen slammades till och grodde igen, desto smetigare blev de wulffska bronkerna.

Skulle jag vidareutveckla min snabbskrift för musik? Som femtonåring hade jag så smått börjat leka med ett nytt notsystem, vars grundelement bestod av en grafisk kurva som slingrade sig över eller under ett tonalt nolläge. Min far hade inte varit intresserad. Till min förvåning hade han, som dittills uppmuntrat mig i allt jag företagit mig, snarast blivit ilsken och slagit ifrån sig. Vår släkt var en ordsläkt, inte en tonsläkt, hade han sagt och hänvisat till sig själv, till farfar typografen och till farfarsfar skyltmakaren.

I fortsättningen hade jag hållit mina notexperiment för mig själv. Något färdigt system hade jag ännu inte. Men jag hade en känsla av att musikens och inte minst operans ställning i Venedig ganska snart skulle komma att totalt dominera över dramatiken. Den bästa dramatiker vi frambragt, Goldoni, ansågs ju fortfarande som alltför folklig och plump. Goldoni var en författare för tjänstefolket, inte för aristokratin, vare sig den gamla, traditionstyngda och degenererade eller de nyrika glasbaronerna och kryddgrevarna. Från ren ekonomisk synpunkt vore det därför säkrare att satsa på ett system för snabbavskrift och tjuvtryck av Mozart och Gluck.

Jag undrade vad min far skulle ha sagt om han vetat hur jag använde mig av *hans* uppfinning, det vill säja till stöld. Han, den ständigt rättfärdige. Men jag? Jag hade att försörja min mor, se till att min syster fick sin uppskjutna hemgift och att jag själv kunde föra ett någorlunda fritt och värdigt liv.

Plötsligt stod Jacopo i min kammare; jag hade varit så försjunken i mina fantasier att jag varken hört prokuristens kanalhosta, kokerskans grytslammer eller Jacopos klamp i trappan.

– Stör man?

– Ja.

Min lust att träffa Jacopo var närmast obefintlig; äntligen hade jag en eftermiddag för mig själv – dessutom fanns det obesvarade frågor om vad jag över huvud taget haft för mig sedan sist och speciellt varför jag blivit kvar i Arsenalen hela natten. Med den intime vännens självklara rätt slog sig Jacopo ner i fönstersmygen, åt medhavda bigarråer – utan att bjuda – och spottade kärnor mot passerande båtar därnere. Med ett kvävt skratt drog han sig tillbaka:

– Rätt i urringningen på det där blonda stycket från Milano, hon som påstås ha något kuckel med nuntien! Nå, Gris: vad hände egentligen i Arsenalen?

– Gå!

– Javisst! Genast!

Detta yttrande gjorde mig misstänksam:

– *Vill* du gå?

– Ja. Jag förstår att du ligger här och samlar dig för att våga möta herr Mozzi.

– Herr... Vafan säjer du!

I samma ögonblick var jag på benen och ryckte åt mig struten med bigarråer:

– Skämtar du så mosar jag bären i ansiktet på dig!

– Han sitter därnere. Känner du inte oset från hans gurglande pipa?

I nästa minut satt vi bägge på taket, mumsade bigarråer och spottade prick mot ett stuprör. Det slog mig att Jacopo ännu var mycket mera pojke än jag, kanske för att han inte behövde försörja en familj utan tilläts drälla omkring. Någon egen väg skulle han inte behöva bryta sig; han hade bara att vänta på att fadern dog eller blev för gammal. Dessutom älskade han masker och hade till och med fått pris för en vid förra karnevalen.

– Nå, sade Jacopo. Arsenalen?

– Jag tror det kommer att ordna sig med fars pension...

– Satt ni och snackade pension hela natten?

– Du har inte träffat kommendör Berti. För att avslöja en hemlighet: han håller på att bli gravt senil. Han började med att fråga efter far, kom inte ens ihåg att han är död, bara att han flyttade till fiskmarknaden. Han babblade om att ta far tillbaka, en bättre skrivare hade han aldrig haft...

– Varför lät han inte kalla din far till sig i så fall?

– Det hade väl blivit någon förväxling kanske... Hur som helst satt gubben hela natten igenom och berättade gamla minnen. Ganska intressant faktiskt, i början. Men jag somnade.

Jag räddades av kokerskan, vars röst hördes nerifrån. Som vanligt lutade hon sig ut genom köksgluggen och ropade utefter fasaden upp mot min kammare. På taket kunde vi inte urskilja hennes ord exakt, utom två: herr Mozzi. Som så många gånger förr fiskade vi upp åran, där den stod nerstucken bland humlestörarna på prokuristens lilla altan, och balanserade iväg över takåsarna. Jag ville att vi skulle klättra ner på gatan efter några kvarter och sätta oss på en taverna; för ovanlighetens skull hade jag ju pengar. Men Jacopo hade andra planer:

- Kom. Jag skall visa dig den nakna markisinnan!
- Vilken markisinna?
- Leofanti.
- Men hon är ju *din*...
- Och du är min *vän*. Kom!

Han gick inte att hejda, utan snart var vi på väg i den besvärliga takklättringen runt fiskmarknaden. Jag både ville och inte ville återvända till markisinnan. Jag ville inte dit i sällskap med Jacopo, rädd att avslöja att jag redan varit där. Samtidigt drogs jag naturligtvis till denna gåtfulla och underbara kvinna, som inte bara visade sig naken om dagen utan till och med om natten, upplyst som på en scen. Men om jag protesterat för kraftigt hade det väckt ännu fler misstankar. Jag lät honom klättra före upp på taket mitt emot palazzo Leofanti. Hans barnsliga iver och mitt passiva motstånd gjorde att avståndet mellan oss kändes vidare än på länge; jag höll definitivt på att växa ifrån honom. Naturligtvis var hon inte på plats. Fönstren var stängda, inte ens några mattor hängde till vädring på balkongen.

Besvikna satt vi där på var sida om skorstenen och petade bärskal ur våra gommar.

- Hon har nog rest till landet, sade Jacopo. Säkert har hon en villa med vingård uppåt Vicenza.

För att skingra min dysterhet, som han trodde berodde på markisinnans frånvaro, började han berätta om den nya lillpigan hemma hos dem. Hon tog inte längre fel på dörren till hans kammare och dörren till terrassen. Numera tog hon avsiktligt hans dörr. Om jag bara visste hur ljuvligt oskyldig hon var! Säkert som amen i San Marco var hon jungfru. Inte för att han hade legat med henne. Än så länge hade de bara klätt av sig nakna och kittlats tills de tappat andan och blivit som förlamade.

Utan att vi hört ett knäpp stod det en man på taket. Han

lutade överkroppen mot en skorsten och siktade på oss med en bössa:

– Era kanaljer, jag skall lära er att stjäla duvor!

Vi kröp ihop på vår sida om skorstenen, men vad tjänade det till att söka skydd; vi var totalt utlämnade åt skytten, som bara hade att byta position.

– Jag kan förklara allt! ropade jag. Det finns ingen som helst anledning att skjuta!

– Inte?!

Mannen, som var klädd i jägaruniform av det slag som är så vanlig i vår stad, där varje vuxen man anser sig född till jägare, reste sig, kröp fram till takstegen, ställde sig med knät mot den och höjde åter vapnet.

– Vi skulle bara titta! ropade Jacopo.

– Titta? Jag skulle råda er att blunda!

Och så sköt han. Det mesta hamnade i baken på Jacopo, men jag fick min del i flanken och hann inse att det inte var med hagel vi besköts utan med grovsalt. Skytten hade rätt: så länge vi blundade, kunde vi knappast erhålla några bestående blessyrer. Vi skrek om nåd och han laddade om. Han verkade inte särskilt ilsken, mera road och systematisk. En beräknande människa med andra ord, en riktigt farlig.

När jägaren för andra gången tog sikte hörde vi ett rop från markisinnans balkong. Mannen brydde sig inte om det utan sköt igen. Den här gången fick jag ett parti salt i nacken och höll på att falla från taket av snärten. Jacopo, som undgått träff, slet till sig åran och gick emot jägaren för att klippa till innan denne hunnit ladda för tredje gången. Först nu blev jag ordentligt skrämd. Om Jacopo slog ner honom från taket kunde vi fällas för hemfridsbrott och mord!

– Herr Bazani! ljöd det från markisinnans balkong.

Först nu hade vi tillfälle att titta. Det var markisinnan själv som stod där fullt påklädd och med en hopfälld solfjäder tryckt mot pannan.

52

– Snälla herr Bazani! Gossarna står under mitt beskydd!
Jägaren sänkte nu bössan och såg på oss med stort förakt:
– Sådan matmor, såna hundar.
Vi tog mer än gärna emot hans smädelser, eftersom han uppenbarligen inte tänkte skjuta en tredje gång. I stället tog han ifrån oss åran och med den föste han oss mot stegen och tvingade oss att klättra ner så hastigt att Jacopo klev på mina händer. Vi smet ut på gatan och rusade som galningar vidare i labyrinten tills vi plötsligt befann oss i en återvändsgränd vid Canal Grande. Vi satte oss på trappstegen och skrattade. Det kändes som i fornstora dagar när vi stulit ägg eller frukt ur någon takträdgård. När vi lugnat oss kallade Jacopo plötsligt på en passerande gondol.
– Jag vill inte åka gondol!
– Nu beger vi oss till palazzo Leofanti och tackar för hjälpen.

Palazzo Leofanti låg vid ett litet torg vars fjärde sida var öppen mot Rio Moncenigo, vilken gick vinkelrät mot Rio di Pergola som i sin tur flöt förbi palatsets fasad. Fasaden var inte särskilt imponerande om man undantar den långa balkongen på tredje våningen och takfrisen i marmor. Från det lilla torget sett liknade palatset vilket borgarhus som helst om man bortser från det vittrade vapnet i porten.

Det var negressen som öppnade på vår ringning; hon bad oss genast stiga in som om vi varit väntade. När hon förde oss genom den mörka hallen fnissade hon hela tiden. Själv kände jag mig förlöjligad och beredd att genast vända, men Jacopo hade tagit på sig rollen av ung sprätt och klev värdigt vidare på stela storkben och vänster hand stödd mot höften, som om han hållit om ett värjfäste. Från hallen, där väggmålningen var svårt fuktskadad, ledde en ganska bred trappa uppåt längs högra väggen. Räcket var något kantstött men i äkta marmor. Ovanför trappan väntade en betjänt, en gubbe i påsig livré och med en peruk så vid att den snarast liknade en mössa. Sedan vi lämnat våra namn, vilket inte var helt lätt då gubben var något lomhörd, följde vi efter honom in i salongen.

Vi ombads sitta ner i en soffa och betjänten försvann i kippande skor genom en draperiförhängd dörr till vänster. Rummet vi befann oss i var mycket smalt men djupt. Ett par franska fönster stod halvöppna mot balkongen. Inredningen vittnade om ett slags ovårdat välstånd. Väggarna var så fullbehängda med målningar, mest porträtt, att sidentapeten därbakom knappt kunde skönjas; vilket var lika bra då det glänsande blå tyget var fullsatt med bruna fuktblommor. Vid fönstren stod en ovanligt lång cembalo till hälften täckt av en indisk duk med insydda glasbitar. De breda men ojämna golvtiljorna täcktes av orientaliska mattor, flera av dem trådslitna, ett par med brännmärken efter spilld tobak, men alla så vitt jag kunde se av hög kvalitet. Spiselkrans, soffbord och en kinesisk byrå i svart lack var översållade med prydnadsföremål: smala mässingskannor från orienten, glasfigurer från Murano, porslin från Kina och Frankrike, strutsplymer i en silvervas, svartnade medaljer i urblekta sammetsreden, en turkisk sabel till hälften utdragen och uppenbarligen fastrostad i baljan, och diverse bric-à-brac. På soffbordet dominerade en stor fruktkorg med handtaget lindat med sidenband och till brädden fylld av glänsande äpplen, svällande apelsiner, immiga päron, nyplockade citroner och ett halvdussin andra fruktsorter så naturtrogna att man måste ta i dem för att märka att de alla var av fajans.

– Vi går ut och räcker lång näsa åt den där Bazani! sade Jacopo och i nästa ögonblick befann vi oss bägge på balkongen.

Någon jägarklädd Bazani syntes inte på taket, men jag höll för säkerhets skull ena handen för ögonen och den andra om min svidande nacke. Balkongen var så lång att den löpte över tre rum; däremot var den så smal att man nätt och jämnt kunde vända sig och så låg att balustraden knappt räckte till knäna. En farlig plats. Med viss bävan lutade jag mig framåt och tittade ner i den simmiga kanalen, där en båt nerlastad med kålhuvuden täppte till för en lång hyttförsedd privatgondol med Vatikanens vapen. Ett magnifikt gräl var under uppsegling och man skymtade en knuten näve och en violett ärm sticka fram ur hyttens sidodraperier.

– Mina hjältar...

Markisinnan hade trätt in i rummet bakom oss och räckte

55

fram en hand att kyssa. Vi drullade in bländade av ljuset på balkongen och var nära att krocka när vi skulle handkyssa.

– Cavaliere Ciacco, cavaliere Jacopo...

Vi blev stående och stirrade. Markisinnan hade klätt om till ett vitt, halvt genomskinligt linne med ett band just under bysten som för övrigt var nästan naken. Över linnet bar hon en öppen, sjögrön mantel med tusen små påsydda snäckor och nertill brämad med något som liknade tätt sittande fiskstjärtar. I det gulröda håret, som hon bar utslaget som en gyllne mantel över den sjögröna, hade hon ett diadem av korall med en sjöstjärna i kristall över den vita pannan. Hennes ögon skiftade med reflexerna, ena ögonblicket havsfärgade, nästa gula eller svarta. Läpparna var tjocka och omålade, tänderna vita med en lätt blåton. Hon hade alla i behåll utom en hörntand vars lucka hon försökte dölja med tungspetsen när hon log.

– Jag förstår att vi har äran träffa markisinnan... började Jacopo som var fräck nog att antyda att hon inte presenterat sig.

Men hon avbröt honom snabbt genom att lägga ett finger på hans mun:

– Jag är Venus, född ur havet!

Visst var hon Venus, hennes dräkt var så suggestiv att det inte skulle ha förvånat mig om en flygfisk plötsligt seglat ur hennes ärm eller en krabba dunsat i mattan från mantelns veck. Hon räckte mig handen som tecken på att jag skulle eskortera henne och gjorde samtidigt en gest mot den draperiförsedda dörren. Nervös som inför en danslektion lyckades jag manövrera oss in genom det tunga draperiet som luktade tungt av mysk och mögel.

Vi befann oss nu i samma rum där jag sett henne posera. Någon divan syntes emellertid inte till och inga lampetter. I rummet fanns praktiskt taget inga möbler alls utom en stor himmelssäng i inre hörnet, ett minimalt sminkbord med lockspegel och mitt i rummet en egendomlig skålformad anordning av impregnerad grå segelduk med en diameter som säkert tillät en man att ligga raklång utan att snudda vid de uppvikta kanterna. Konstigast var dock den tingest som hängde i taket ovanför upphissad med block och talja. Det var ett vackert format sittbadkar av zink.

– Mina hjältar, jag vill att ni långsamt rör er i cirkel runt mig, sade markisinnan Venus och klev själv i segelduksrundeln där hon blev stående i mitten. Vi tittade på varandra och så började vi tveksamt lunka runt i cirkel. Själv kände jag mig urfånig men Jacopo försökte åter se ut som den unge världsmannen med uppstyltad vadargång.

– Mera grace, mina hjältar, mera grace...

Vi fortsatte trava runt som fån även om Jacopo slappnade av något och blev mera kattlik än storklik i sina kliv.

Den groteska dansen avbröts av en pipig mansröst inifrån himmelssängen:

– Nog. Mer än nog!

Ut mellan förhängena klev nu en liten man i fläckad målarrock, samma herre som jag sett i detta rum häromnatten.

– Hade jag varit balettmästare hade jag fått dåndimpen, sade målaren, som måste vara dubbelt så gammal som kvinnan, säkert uppåt sextio. Jag tackar Gud för att jag är målare! Vill herrarna vara vänliga och ställa sig på var sin sida om Venus!

Vi kom oss inte för att protestera nu heller utan ställde oss som han befallt, med hopdragna axlar och vilset hängande armar. Men Venus förblev inte stående, i stället sjönk hon ner i halvliggande, grep min hand och slog andra armen runt Jacopos knä som om hon hållit på att drunkna. Och det var precis vad det var frågan om: i nästa ögonblick forsade vatten över oss från badkaret i taket och plaskade ner i segelduksbassängen. Vi blev fullständigt genomdränkta. Så ock Venus – och framför allt hennes linne: när hon reste sig och kramade vatten ur håret doldes inte något av hennes behag, varken bröstvårtorna, den djupa naveln eller den mörka triangeln.

– Tristán, jag föredrar att vi gör det utan kläder.

– Som du vill, mitt allt.

Vi visades tämligen bryskt ut i det smala rummet, där negressen väntade med ett par badlakan. Efter någon tvekan drog vi av oss våra plaskblöta kläder, vilka omedelbart omhändertogs av betjänten, som säkert hade stått och kikat. Sedan satt vi där i soffan insvepta och huttrande och kände kylan från stenväggarna krypa fram.

– Det är inte gratis att bli räddad! sade jag till Jacopo som strax började flabba ohämmat, vilket ju var det enda rätta.

Vi skrattade, snörvlade, hostade, rös och skulle just börja boxa varandra för att få upp värmen, när målaren Tristán kom in i rummet och bad oss resa oss, vilket vi gjorde. Utan förvarning och kvickt som tanken rev han åt sig våra badlakan så att vi blev stående där totalt och skamligt nakna. Innan vi hann protestera kastade han badlakanen i famnen på oss och försvann. Snopna sjönk vi åter ner i soffan krampaktigt insvepta i den fuktiga frottén.

Betjänten återvände med mina kläder – fortfarande plaskvåta – vackert hopvikta över armen och räckte fram dem.

– Och mina? frågade Jacopo.

– Bara den ena av herrarna behövs.

– Behövs? sade jag

– Jag? sade Jacopo.

Ilsken slet jag i kläderna för att komma i dem, byxor och skjorta kärvade, strumporna struntade jag i. Jag var kluven i två motstridiga känslor: den enorma lättnaden att slippa ut ur detta dårhus och den nattsvarta besvikelsen att vara den ratade. Lägg därtill att Jacopo lovat ta med mig gratis på Duclos hundcirkus.

58

Kommendören Bellincion Berti satt i sitt kontor vid Arsenalens gamla bassäng och läste min senaste rapport:

– En dag kommer staden att sjunka så djupt att de nuvarande gränderna skall förvandlas till kanaler och torgen inklusive Markusplatsen till bassänger... Ingen muntergök precis, vår fånge... Om exakt två hundra år kommer man därför att påbörja en glasmur... glasmur!... som skall innesluta kvarteren kring basilikan och dogepalatset och de viktigaste adelspalatsen och hotellen... vilka hotell?... vid Canal Grande. Dessutom kommer ett fåtal kyrkor av speciellt konsthistoriskt intresse liksom akademin och ghettot... varför i fridens namn ghettot?... att omslutas med särskilda glasmurar. Murarna kommer att vara tvåväggiga och utföras i pansarglas... pansarglas?... Mellan murens bägge glasväggar kommer förutom kontor att inrymmas en lång rad restauranter och hotell... varför alla dessa hotell?!... där gästen på sin ena sida kan beskåda det sjunkna Venedigs förnämsta byggnader och på den andra den marina floran och faunan i lagunen.

Kommendören suckade djupt och bytte ark till redogörelsen för fångens bakgrund:

– Är ni adelsman?

– Jag står över klassgränserna.

– Vill ni vara vänlig uppge ert namn och er nationalitet.

– Mitt namn är Magdalenus och jag är kosmopolit. Om man nu kan kalla det nationalitet.

– Är Magdalenus ert förnamn eller ert släktnamn?

59

– Varken eller. Det är mitt namn.

Kommendören hummade och gick vidare till Magdalenus berättelse om sin vistelse i en undervattensfarkost. Han brast i skratt:

– En god berättelse måste inte ha ett smack med sanningen att göra. Ett konstaterande som man kan betrakta som en tragedi eller som en tillgång. Låt oss inte fördjupa oss i det historiska... Och det här tramset om glasmurar lämnar vi förstås också därhän. Det som nu intresserar oss är begreppet *undervattensfarkost*. Vi vet att det runt om i Europa – och i Nordamerika – görs experiment med undervattensfarkoster. Och som du har tystnadsplikt och, förutsätter jag, är en god patriot kan jag gott säja dig att vi här i Arsenalen givetvis inte är främmande för sådana tankar. Dykarklockor har vi byggt i hundratals år, med stora offer i pengar och manskap... och jag vågar påstå att gäller det bara att få ner låt oss säja en handfull män en begränsad tid till ett större djup så har vår egen Marin ingen överman. Men alla skeppsbyggare vet att det stora problemet hittills har varit framdrivningen; där nere i djupet fungerar segel inte alls, åror dåligt och den skruv som från skilda håll föreslagits kräver en kraftutveckling som männen i djupet inte är mäktiga. Kanske kommer det i en framtid att bli möjligt med engelsmannen herr Watts maskin...

– Vad är det?

– Du skulle ändå inte begripa även om jag tog mig tid att förklara. Låt oss i stället se praktiskt på vårt gemensamma problem: vår käre herr Magdalenus har såväl vid polisförhöret som nu yttrat sig om undervattensfarkoster. Vad vi måste förvissa oss om är: rör han sig enbart med skrönor eller *vet* han något om saken? Du får pressa honom på den punkten.

– Som jag förstått saken skulle jag ta fram mer om hans antecedentia?

– Jag ger håken i vem han är och varifrån han kommer.

60

Vet han något som kan skada Flottan?

Jag tog kommendörens yttrande som ett tecken på att audiensen var slut och reste mig för att göra upp med vakthavande kadett om ytterligare förhör, men kommendören vinkade mig tillbaka ner i stolen.

– Låt mig ställa en personlig fråga. Du är en ung man av infödd familj, du tillhör med andra ord det som vissa samhällsfilosofer kallar det samhällsbärande skiktet, men är du och dina likar verkligen beredda att bära dessa Lagunens öar vidare in i historien?

Det var ju inte första gången kommendören yttrat liberala idéer i min närvaro, men att alls diskutera försvarsviljan med mig, fann jag inte bara opassande utan rent av skrämmande.

– Du bleknar, Lille gris?

– Ni gör mig förlägen.

– Du tror att jag vill provocera dig att yppa jakobinska idéer? Aningen sent påtänkt i så fall. Jakobinerna har inte längre makten i Paris, även om min värderade vän biträdande polismästaren fortfarande tror det. Men i Marinen kan vi inte sysselsätta oss med hjärnspöken. Har du någonsin hört uttrycket "verkligheten sparkar"?

– Jag tror inte det...

– Verkligheten korrigerar oss, Ciacco. Och nu har hon sagt ifrån att makten i Paris inte längre ligger i Församlingen eller hos de radikala advokaterna, eller hos Madame Guilliotine. Hon lär ha slutat dunka. Som gammal encyklopedist och rationalist har jag förutspått det länge. Makten befinner sig nu efter en tillfällig utflykt åter i det rede dit hon alltid återvänder: i huvudet på en stark man. Namnet på den hjärnskålen är Bounaparte, korsikan och enligt vår uppfattning således mer italienare än fransman... Nå, honom känner du redan. Vad innebär det för Venedig? I snart åttio år nu har vi utan att lyckas försökt glömma att Turken inte längre är det stora hotet mot vår republik. Vi hotas nu av länder som ingalunda är otrogna hundar utan kristna som vi, om man undantar vissa tillfälliga förvillelser, nämligen Frankrike och Österrike. I drygt ett årtusende har vår ungdom varit beredd eller har, nåja, åtminstone med lämpliga medel kunnat övertalas att gå till sjöss för att hålla fienden utanför lagunen. Men är ni, blomman av vår ungdom, beredd att traska uppåt land med lera upp till armhålorna och dö i skogen?

Han hejdade sig abrupt, som om han sagt för mycket, böjde sig över skrivbordet och tittade ner i mitt knä:

– Du sitter väl inte och skriver?!

I samma ögonblick hördes vakten skyldra gevär på kajen utanför. Kommendören gick till fönstret och blev stående. Då jag antog att audiensen nu äntligen var slut reste jag mig. Han vinkade mig fram till fönstret och pekade:

– Min chef amiralen återvänder redan från dogepalatset.

Hur skall man tolka det? Att de beslutat sig eller att diskussionerna ännu en gång brutit samman.

– Vilka diskussioner, kommendör?

– Du borde läsa tidningarna. Inte våra egna men Diario di Roma; där spekulerar man friskt i om Venedig skall söka stöd hos Österrike, Frankrike eller vara med och bilda ett italienskt förbund.

Den svarta båten med sex par åror pekande spikrakt upp i luften gled oändligt långsamt in mot kajen därnere. Befälstecknet hängde som en blöt duk från stången. Det dröjde flera minuter sedan båten lagt till innan den gamle amiralen hjälptes iland av två betjänter i det stilla regnet.

Kommendören vände sig häftigt till mig som i en plötslig ilska och röt:

– Till dina plikter, gosse!

Jacopo hade i flera år haft ett eget hörn i sin fars maskverkstad. Där hade han byggt ett slags tält, som dolde vad han hade för sig. Motiveringen var att konkurrenterna inte skulle kunna snappa upp något om de nya masker Jacopo gjorde för tävlingarna i samband med karnevalen; i själva verket begagnade han tältet till att sova ut i efter sina nattliga eskapader. Vilket alla inblandade mer än väl visste. När jag trädde in i verkstaden och frågade efter honom flinade alla, hyssjade och lade kinden mot handen. Men jag brydde mig inte om dem; kunde Jacopo komma och väcka mig hade jag självklart samma rätt.

Men han sov inte. I stället satt han och tuggade papper. Massan som maskerna tillverkades av kunde framställas på flera sätt: genom att mala papper i kvarn, genom att slita den i tussar med fingrarna eller hacka råmaterialet före blötläggningen – men den bästa massan fick man genom att tugga. Av tradition skulle maskmakaren själv tugga. Jacopo nickade glatt och jag satte mig på en pall och väntade på att han skulle idissla färdigt. På bänken hade han en flaska med en vinskvätt som han då och då fyllde på ur för att tuggningen inte skulle gå torr. Till slut ansåg han sig färdig och tog ut den rosa, deglika klumpen.

– Vet du vad det här skall bli?

På bänken stod en trämodell av en synnerligen originell mask. Ansiktet – om det nu var ett ansikte för varken hål för ögon eller mun fanns – var minst dubbelt så brett som vanligt men inte högre än en halvmask. Det märkligaste var näsan. Den var lång som på en pestdoktor men uppåtböjd i stället för neråtkrökt; ett grovt, knöligt rör som slutade med en uppsvälld knopp. Jacopo lyfte ner modellen och satte den framför underlivet.

– Gissa vilken färg?

– Illröd?

– Fel. Den skall målas i Venedigs färger: svart i svart.

Eftersom det var lördagskväll beslöt vi att gå över till San Marco. När vi nådde bron rådde där en obeskrivlig trängsel. Förutom de fasta affärsmännen, som här specialiserat sig på smycken, och dentisterna med sina färgglada stånd, invaderades bron på helgerna av folk från fastlandet. Dukar och spetsar hölls upp över trängseln på stänger, på snart sagt varje trappsteg utbjöds kläder som vederbörande bar på sig i flera lager för att snabbt kunna schappa undan Polisen. På södra broräcket hade en auktionsförrättare etablerat sig, och just där trappan började konkurrerade en dockteater med en eldslukare som antingen var full eller tokig, för han blåste inte sina spritlågor mot himlen utan rätt in bland publiken.

Vi beslöt att undvika bron och ställde oss i kö för att bli överskeppade. En husgavel i korsvirke som låg precis mitt emot färjeläget sköt ut några meter över Canal Grande. Gaveln bestod nertill av ett trägalleri och där försiggick ett sällsamt spektakel. I galleriet stod nämligen en högrest herre i svart skorstenshatt och tegelröd så kallad frack, vilket avslöjade att han sannolikt var engelsk lord. Engelska lorder måtte vara ett egenartat släkte. De hade på senare år upptäckt vår stad, men de kom inte hit som normala människor skulle ha gjort för att bedriva handel eller diplomati. I stället kallade de sig tourister, vilket innebar att de reste för resans egen skull. De var alla omåttligt rika, högdragna och brydde sig inte särskilt mycket om opera eller horhusen. Om de över huvud taget ägnade sig åt något utom att just resa var det i så fall att intressera sig för gossbordellerna eller petiga mål-

64

ningar av hus och kanaler, som ju knappast kunde kallas konst. Att just denne lord väckte sådan enorm uppmärksamhet hade sin grund i två förhållanden: de fransk-engelska krigen hade skrämt iväg nästan alla lorder – och han stod och kastade mynt i kanalen.

På kajen under befann sig en hop barn som trängdes med uppsträckta halsar. Så fort ett kopparmynt glittrade i luften kastade de som befann sig närmast kajen huvudstupa i vattnet. Några låg redan i kanalen och väntade, men bäst utgångsläge hade den som kunde gripa myntet innan det nådde vattnet, för kanalen var här så grumlig att stack man i foten upp till knölarna såg man inte sina egna tånaglar. Hundratals åskådare trängdes på kajen och vid bortre brofästet för att följa skådespelet. Om någon vuxen försökte tränga sig in bland barnen slutade lorden genast kasta pengar och en betjänt föste iväg vederbörande med en lång håv.

Men det ägde också rum ett annat skådespel i skymundan. I skuggan under bron låg en båt med vuxna dykare. En sådan båt kunde rymma fem sex personer förutom roddarna, men sällan syntes mer än någon enstaka dykare sitta och vila sig eller ligga flämtande och hostande på durken. Dykarna strävade efter att hela tiden hålla sig under vattnet. De arbetade mycket diskret: så fort en pojke lyckats fånga ett mynt i luften och plaskat i kanalen, lät man barnet komma upp, triumferande visa myntet för den jublande publiken och sedan börja simma mot kajen. Men när lorden kastade nästa mynt kunde man se hur barnet som fångat föregående slant plötsligt drogs ner som av en osynlig hand. Det var sällan något barn nådde upp på kajen med sin fångst i behåll.

Vårt mål denna lördagskväll var Café Florian och gallerierna vid Markusplatsen. Vid Florian löpte den så kallade snobbrännan. På söndagarna efter mässan promenerade där välbeställda par och unga damer som ville visa upp sina

65

kreationer, men om aftonen var det de unga herrarna som behärskade scenen. Det hade bildats en naturlig ränna mellan caféborden och där spankulerade de unga eleganterna fram och tillbaka. Ju senare det blev på kvällen, desto djärvare blev klädseln och deras utmanande sätt att röra sig. Spektaklet fungerade inte enbart som uppvisning av senaste mode; man kunde också lätt igenkänna män som ville dra uppmärksamheten till sig: yngre skådespelare, recitatörer, ibland en poet och inte så få bögar, prostituerade eller bara kärlekskranka. På senare år hade ett nytt inslag tillkommit: allvarliga yngre män som blygt klev mellan borden iförda det senaste från Paris. Detta var en farlig lek då säkert halva publiken bestod av polisspioner. Det var accepterat att uppträda i franska plagg så länge kokarder eller band i trikolorens färger inte förekom. Inte heller godkändes en helt komplett jakobinsk kostymering. Utmaningen bestod i att klä sig så likt en jakobin som möjligt utan att träda över den osynliga gräns där Polisen slog till. Officiellt fanns inga förbud, så länge inte agitation för de franska idéerna förekom, men den som Polisen bestämde sig för att utnämna till jakobin kunde räkna med ett kok stryk på hemvägen i mörkret. Två unga män hade också sommaren innan hittats dränkta i Canale Orfano. Detta hade emellertid upprört den upplysta opinionen till den grad att Senaten tvingats tillsätta en särskild undersökningskommission.

Först framåt midnatt fick vi ett bord på caféet och tog in lemonad och glass. De politiska inslagen i snobbrännan var nu helt försvunna och bögarna kråmade sig som mer eller mindre ensamma herrar på täppan. De flesta polisbetjänter kunde bege sig hem till familjen, därav möjligheten för oss att äntligen komma åt ett bord. Vi hade inte suttit länge då en diskret klädd herre i trettioårsåldern bad att få slå sig ner. Eftersom sedvänjan här var att dela bord kunde vi inte neka

66

honom. Men han var inte välkommen, för jag hade just fått Jacopo att yttra sina första ord om sina upplevelser i palazzo Leofanti – sedan jag gått därifrån hade han åter fått kliva i segelduksbassängen och agera en fiskaryngling som ser Venus födas upp ur havet; både ynglingen och Venus hade varit *nakna*.

– Är herrarna studenter? frågade vår ovälkomne gäst.

– Nej skrivare, svarade jag. Och min vän här tillverkar masker.

– Hederliga medborgare med andra ord. Tillåt mig presentera mig, mitt namn är Ricci, bibliotekarie.

Inget kunde verka naturligare än att mannen var bibliotekarie, då vi ju befann oss helt nära själva biblioteket, som jag förresten en gång varit inne i tillsammans med min far som skulle leverera några utskrifter. Tystnaden, hyllornas högtidlighet och de fantasieggande takmålningarna hade gjort ett bestående intryck på mig. Men det var inte det jag tänkte på när jag gav Jacopo en spark på smalbenet under bordet. I stället undrade jag om inte "bibliotekarien" i själva verket hade sitt tjänsterum litet längre bort bakom dogepalatset och Suckarnas bro. Med andra ord i polishuset.

Ricci lade emellertid märke till min spark. Han skrattade lågt och lade handen på min ärm:

– Jag vill er inget ont. Jag tyckte mig bara lägga märke till ert intresse för det franska modet.

– Det är enbart estetiskt betingat, svarade jag. Min vän här tillverkar förutom masker också dockor. En dockteater har beställt en ny bov som skall vara iförd jakobinska kläder.

Jacopo tittade storögt på mig och Ricci sade:

– Mycket lustigt. Men vi lever inte på medeltiden. Så länge vi inte sviker våra medborgerliga plikter kan ingen hindra oss från att säja vad vi tycker, även om vi – nota bene – får välja våra ord en smula.

Jag hade nu bestämt mig för att herrn var en provokatör

och jag vägrade öppna munnen mer. Jacopo däremot satte igång att pladdra om kläder, dockor, masker, om kriget, lorden vi sett och en hel del till.

– Jag har också sett den där lorden, sade Ricci. Varje lördagskväll står han och kastar pengar. Tillsammans med några radikala vänner sökte jag företräde hos honom för att påpeka vilka risker han utsätter barnen för, när dykarna griper tag i deras fötter och drar ner dem i djupet för att gräva fram mynten ur munnen på dem. Men lorden vägrade ta emot oss för att vi inte tillhör adeln. Vi har också diskuterat med Polisen som givetvis inte tänker ingripa eftersom lorden tillhör adeln – men inte vi.

Han sänkte rösten:

– Vi är inga statsfiender. Vi anser endast att privilegier måste knytas till kompetens.

Jag vände mig hastigt bort vilket fick en av bögarna att tro att jag gjort tecken åt honom. Bögen, klädd i ljus rock med sprund som gick ända upp till skulderbladen, närmade sig mig med ett insmickrande rött och kletigt grin i sitt vitpudrade ansikte.

– Ge dig i väg, sade Ricci skarpt till bögen. Vi är poliser!

Bögen låtsades våldsamt chockerad och flaxade iväg ut i snobbrännan med förtjusta små skrik. Jag knäppte med fingrarna för att få betala trots Jacopos protester; vi hade nämligen kommit överens att stanna tills de stängde.

– Jag vet ju inte ens era namn, sade Ricci. Hur skulle jag kunna göra er något ont..?

– Vi vet ju var ni finns, sade Jacopo och nickade bort mot biblioteket.

– Ja. Just det. Kom gärna och hälsa på. Så ni ser att jag sitter i rätt hus.

Jag hade tagit tjuren vid hornen och själv uppsökt herr Mozzi för att skona min mor – och inte minst herr Balabanoff – från herr Mozzis enträgna och pockande visiter. Som kompensation för det uteblivna manuskriptet på Grisen i säcken och fortsättningen på En ung adelsmans sannfärdiga bekännelser hade jag gått med på att försöka skriva av librettot till en opera vars kompositör var samme herr Mozart som den säsongen grasserade likt en farsot i vårt musikliv. Inte för att jag begrep vad herr Mozzi kunde ha för nytta av att trycka enbart librettot, men kanske spekulerade han i samma idé som en teater i Milano, som tagit sig före att sätta upp Così fan tutte utan musik; vilket lär ha blivit en succès, då tysk musik ju hade rykte om sig att vara tung. Men inte heller denna gång skulle herr Mozzi erhålla sin utlovade avskrift. Jag hade fått en plats på andra radens högra flygel, vilket gav en god överblick av scenen men tyvärr inte den bästa akustik. Självklart hade jag föredragit en bättre plats, men många teatrar hade blivit så misstänksamma att de försökte kontrollera att ingen tog med sig penna och papper in. Dock brydde man sig inte om, av förklarliga skäl, att granska publiken på andra radens flygel där det dels var mörkt, dels närmast omöjligt att klart uppfatta vad de dåligt textande sångarna sjöng.

Första akten hade gått galant. Inte för aktörerna, som åstadkommit två tuppar och vid ett tillfälle kommit av sig, men för mig: de ord jag inte klart hörde fyllde jag i på eget bevåg. Andra akten började också bra, även om en herre intill klagade på raspandet, men plötsligt i ett scenbyte fick jag ögonen på Venus. Hon satt i en av logerna till synes helt ensam. Hon bar en vinröd mycket djupt skuren klänning. Det kopparfärgade håret doldes under en vit peruk som i sin tur pryddes av en eldgul hatt. I det fladdrande ljuset från scenlampetterna såg jag hennes kinder glöda. Hon höll händerna pressade mot nyckelbenen och rörde på munnen. Först när hon drog in luft och sträckte på sin vita hals förstod jag att *hon sjöng med*.

Hon lutade sig fram – och jag lutade mig också fram totalt glömsk av det som hände på scenen, där aktörer i fjolliga och tillgjorda kostymer försökte hålla jämna steg med stråkarna i diket. Det verkliga skådespelet ägde rum i Venus loge! Jag lät pennan och min arkbunt glida ner på golvet och sträckte mig allt längre ut för att sluka hennes gestalt. Trots att hon hela tiden förblev sittande såg jag hur hon reste sig, bredde ut armarna, kastade huvudet bakåt, tog ett steg upp på balustraden och sjöng ut så att aktörerna där nere skamset dröp av i kulisserna. Jag väcktes brutalt av den grinige herre som nyss klagat på mitt raspande. Nu påstod han att jag skymde utsikten!

Innan applåderna hunnit börja, mitt i ridåfallet, skyndade jag ut för att hinna genskjuta henne. Vilken utgång skulle hon använda? Ta mig in till logerna på första raden kunde jag inte, de var alltför väl bevakade. Jag störtade nerför den smala trappen till huvudingången mot Campo San Angelo. Utanför rådde en svår trängsel trots att publiken ännu inte börjat lämna teatern; det var stadens nattliga ledighetskommitté, tiggarna, sjömännen, teatergalna kvinnor som kommit för att få en skymt av tenoren, polisbetjänter förstås och nyfikna i största allmänhet. Domestiker med bärstolar och bokade gondoljärer stod med facklor eller lyktor på stänger för att möta sina arbets- eller uppdragsgivare och nere vid kajen pågick det vanliga grälet om platserna närmast trappan.

70

Jag flängde runt kvarteret för att kontrollera utgångarna, vilket endast förvillade mig ytterligare: baksidans fasad var formligen inklädd med trätrappor och rangliga gallerier som såg ut att kunna störta till marken vid första bästa pukslag inifrån teatern. Här kunde hon inte komma! Jag sprang tillbaka till huvudingången och beslöt att vänta ut henne. Hur länge jag stod där och försökte hålla stånd mot publiken som vällde ut, vet jag inte. Vad som knappast varade mer än en halvtimme kändes som en hel natt. Man började släcka kandelabrarna inne i foajén och i min desperation klev jag på och sprang uppför den lyrsvängda trappan. Där uppe hade man hunnit släcka överallt. Vad som återstod mig var ett ofullständigt ledljus från det reflekterande spegeltaket. Vilken loge som var hennes visste jag inte, jag vräkte upp första bästa dubbeldörr och tumlade in på första raden.

Salongen var fortfarande hjälpligt belyst från scenen, där man höll på att bära ut dekoren. Ingenstans syntes någon markisinna. På parkett gick ett par vaktmästare försedda med lyktor och sökte kvarglömda effekter. Jag klättrade upp på den halvcirkelformade balustraden och tog mig från loge till loge som man klänger mellan balkonger. I de flesta rådde oordning, stolar låg kullvräkta, tomma vinkrus rullade runt mina fötter och jag halkade i matrester. Plötsligt höll jag på att trampa på en människa. Det var målaren Tristán som låg där full som en kaja.

Så fick jag min förklaring varför Venus tycktes vara ensam kvinna i logen, något som jag aldrig tidigare upplevt på någon teater. Herr Tristán hade naturligtvis legat där hela tiden och sovit sig igenom hela Così fan tutte. Jag kan inte säja att jag var beredd att klandra honom för det.

Men var fanns Venus själv? Inte hade hon väl utan förbarmande bara lämnat sin sovande följeslagare? Kanske hade hon gått för att pudra sig eller konversera i någon annan loge – men alla loger föreföll ju tomma! Jag föll på knä och började klappa herr Tristán på kinderna för att få liv i honom. Men han bara stönade och slog slött efter mig. I samma stund kom en vaktmästare in i logen med en lykta.

– Muddrar du honom! sade vaktmästaren bryskt och grep mig i armen.

Det var en stor karl med handleder som smalben. Han körde lyktan i ansiktet på mig så att min andedräkt – när jag äntligen vågade andas – immade mot glaset.

– Jag känner honom, han är målaren Tristán!

– Håll lyktan och stå still!

Han kände igenom mina kläder och fickor, drog fram papper och pennor och de få soldi jag ägde. Sedan tog han tillbaka lyktan. Mina pengar behöll han.

– Tacka din skapare att jag inte ropar på polis.

Sedan halade han upp herr Tristán på sin breda rygg och bar honom nerför trapporna. Jag kunde inte göra mycket annat än att försöka rafsa ihop så många som möjligt av mina nerklottrade papper i mörkret och följa honom utför trapporna.

I foajén överlät vaktmästaren sin börda på mig och pekade befallande mot dörren ut mot torget. Jag släpade ut herr Tristán som, så fort vi kommit ut på den låga breda trappan, resolut slog armarna om en av gjutjärnskolonnerna och vägrade all vidare transport. När jag försökte lossa hans krökta fingrar, gled han långsamt ner utefter pelaren, föll framlänges på knä och spydde. Jag skulle just överge det gamle svinet, ge upp hela saken och rymma därifrån då jag hörde en bekant röst:

– Tack min hjälte. Jag visste inte hur jag skulle få ner honom.

Det var Venus iförd svart kappa och spetsmask som hon spefullt höll minst en decimeter från ansiktet. Hon bad mig hyra en gondol, vilket var snabbt gjort, och med gondoljärens hjälp fick jag ner herr Tristán i båten. Venus ville inte ha honom placerad i hytten på grund av stanken, utan vi lade honom på durken föröver.

– Vill ni göra mig sällskap, Ciacco, sade hon och höll upp draperiet sedan hon stigit in.

Jag klämde mig in i det trånga båset som luktade gammal tobak. Hon vilade bland kuddarna, i mörkret kunde jag bara urskilja hennes hals och sedan ansiktet när hon sänkte masken. En tung doft av mysk och eau-de-cologne trängde snart ut de unkna lukterna. Jag tyckte att hon log mot mig i mörkret, att hon vinkade mig till sig, drog av sig handskarna och lossade spännet i kappan. Allt jag behövde göra var att ställa mig på knä och sedan sjunka ner mot henne. I stället bröt jag förtrollningen med den idiotiskt platta repliken:

– Uppskattade ni föreställningen, madame?

Hon skrattade åt mig, sedan sade hon:

– Man borde få betalt för att beskåda ett sådant elände.

Jag blev eld och lågor och satte igång att nedgöra allt från dekoren, ljussättningen, dirigenten till sångprestationerna och plastiken, och tillade:

– Var det därför ni sjöng, madame? För att ge de usla klåparna åtminstone någon vägledning?

– Jag är egentligen sångerska. Mitt flicknamn är Marina Balducci och jag har uppträtt både i Trieste och Milano innan jag hamnade i Palermo, där jag träffade min make, markisen.

– Förlåt att jag titulerade er madame!

Hon skrattade bort min ursäkt och fortsatte:

– När markisen av politiska skäl beslöt lämna sitt hemland följde jag honom hit, för fem år sedan. Vi hade ännu inte hunnit introducera oss i societeten när markisen drabbades av sjukdom.

– Hur länge har ni varit änka, madame?

– Änka?

Hon skrattade högt och opassande, vilket gjorde mig förvirrad och för första gången denna kväll fick mig att önska mig någon annanstans.

– Jag är inte änka. Markisen lever men är sjuklig. Herr Tristán spelar rollen av vad ni här kallar cicisbeo men på Sicilien kort och gott heter reservmake. Som målare är han inte oäven, som cicisbeo en kludd! Jacopo har berättat att ni skriver?

– Inte skriver, skriver *av*.

– Jag har länge tänkt återuppta mina dagböcker. Vill ni bli min handsekreterare, Ciacco?

Magdalenus satt och åt när jag fördes in; det verkade som om man alltid gav honom mat när han skulle förhöras. Som vanligt var han mycket vänlig men totalt omöjlig att dirigera. Jag ville tala om undervattensfarkoster, han om den heliga Gral.

– Känner du till historien om den heliga Gral? frågade han på sin ålderdomliga dialekt.

– Hjälpligt... Finns det förresten inte flera historier?

– Det finns flera, rätt, men det finns bara en som är sann.

– Det vore mycket praktiskt för oss båda om ni ville meddela något ytterligare om undervattensfarkoster, innan vi går in på den heliga Gral.

Han ägnade några ögonblick åt bönorna, som om han verkligen övervägt mitt förslag, torkade sedan munnen på servietten och fortsatte:

– Gral kan betyda fat, tallrik eller bägare. Det kan också betyda måltid. Ordet skulle också kunna härledas från begreppet blod. I den här delen av världen sammanblandar man dessa begrepp, så att den heliga Gral kommit att betyda den kalk i vilken den på korset upphängde Frälsarens blod uppsamlades. Vid sidan av Arken har Gral betraktats som kristenhetens förnämsta, ännu inte återfunna kultföremål. Gral vaktades av Parsifal och Gralriddarna på berget Mont Salvat. Men var ligger detta berg? Och var finns dessa ädla riddare?

– I Cornwall?

– Inte *i* Cornwall men så långt har du rätt att kung Arthur av Cornwall tillhörde kalkens beskyddare. Nu är problemet bara att det aldrig funnits någon kalk, i varje fall ingen kalk fylld med Frälsarens sista blodsdroppar. Parsifal liksom Gralriddarna och kung Arthur också för den delen har heller aldrig funnits, utom i sagan.

Jag skrev ner vartenda ord, så som jag fått order, och hann under berättelsens gång inte särskilt tänka på innehållet i Magdalenus berättelse, förrän hans nästa mening bokstavligen fick pennan att falla ur handen på mig. Men jag minns ändå ordagrant vad han sade, för aldrig tidigare hade jag hört en människa uttrycka sig så hädiskt:

– Blod skall i stället förstås som *avkomma*. När Josef från Arimatea tog hand om Kristi blod var det med andra ord inte blod i bokstavlig mening utan Kristi avkomma. Guds son har med andra ord själv en son.

– Förlåt, herr Magdalenus, är ni medveten om vad ni säjer?!

– Javisst!

– Är ni medveten om att jag har order skriva ner allt ni säjer? Och att det ni säjer inte kommer att stanna mellan er och mig?

– Javisst!

Jag bad honom vänta en stund medan jag tänkte efter. Ville Magdalenus med berått mod sticka huvudet i snaran, eller rättare bestiga bålet, fick han ta det på eget ansvar. Men jag?! Begick jag en dödssynd genom att lyssna till dessa hädelser? Kanske ändå inte – man kan inte blunda med öronen – men om jag *skrev ner* detta ogudaktiga tal, var då inte risken överhängande att också jag skulle tvingas bestiga bålet? Även om man inte längre som i gamla tider brände kättare litet nu och då, kunde det rimligen inte finnas en större hädelse i Kyrkans ögon än att påstå att Kristus hade köttslig avkomma. Det var långt grövre än att betvivla den obefläckade avlelsen.

– Har du tänkt färdigt?

– Har jag något förnuft i skallen borde jag omedelbart vända mig till min biktfar för råd!

– Skriv, sade han med en lugn och så självklar auktoritet att jag skrev: Jesus hade en son som vid tiden för korsfästelsen var vidpass tio år gammal. När Josef från Arimatea "räddade" Kristi blod var det följaktligen sonen, Guds sonson om man så vill, som sagde Josef tog hand om och förde oskadd till Europa.

Europa! Om han ändå hade låtit gossen föras till Indien eller Kina. Men Europa!

– Sitt inte och dröm, skriv: Sonen hade förstås en mor och denna moder, med andra ord Frälsarens lagvigda hustru, var...

– Tyst!

– Maria Magdalena.

Skrämd från vettet störtade jag upp och ut ur rummet så hastigt att jag slog omkull den upp och nervända hink på vilken vakten spelade tärning med vakthavande kadett. De svor åt mig när tärningar och mynt rullade över golvet. Hade de inte varit så osäkra på min formella status hade jag säkert fått mig en omgång eller tvingats ersätta den spelare som ansåg sig ha vinsten inom räckhåll. Nu kalmerades deras ilska till en tyst butterhet.

– För mig genast till kommendören!

När jag återkom till kontoret var kommendören inte där; han befann sig på inspektion ute i varvet. Kadetten vägrade först föra mig dit men veknade när han erbjöds en piccolo. Regnet hade tilltagit och drev i skyar över bassängerna. Vi rodde in i Stora Arsenalen, där flera skepp låg för ankar och en långt livligare aktivitet rådde. Kommendör Berti befann sig under ett provisoriskt segeldukstält uppriggat på en ponton i bortre änden av Stora Arsenalen. Ett stycke ut från pontonen låg en galär förtöjd intill en pråm med kran. I kranen hängde en kanon som långsamt sänktes mot galärens för. I galären befann sig kanske ett hundratal personer plus beväpnad vakt. När kanonen vaggats på plats i sin lavett, drevs de genomvåta och håglösa trashankarna först mot aktern, sedan mot fören och sedan tillbaka mot aktern. Tydligen höll man på att bestämma galärens tyngdpunkt. Dess förstäv hukade betänkligt under kanonens tyngd. Kommendören hade ett par ingenjörer hos sig, som höll upp ritningar och passare. Han bemötte mig inte alls med den välkomnande farbroderlighet som hittills kännetecknat våra möten, men jag trängde mig ändå fram och bad att få ett ord mellan fyra ögon. Sedan jag dristat mig att upprepa min begäran skickade han ner ingenjörerna i den båt kadetten och jag anlänt i.

– Nå?!

– Herr kommendör, jag ber er befria mig från mitt uppdrag att förhöra fången Magdalenus!

– Varför??

Jag redogjorde med låg men stammande röst för de fruktansvärda hädelser jag nyss tvingats åhöra.

– Under normala omständigheter hade jag låtit dig slippa av omsorg om din själ. Men vi lever inte under normala omständigheter.

Det blev dock inga fler förhör denna dag utan jag tilläts återvända hem för att "lugna mig". Jag möttes i porten av kokerskan som vit i ansiktet glodde på mig. Jag frågade vad som stod på men fick inget svar. Fylld av onda aningar sprang jag in för att leta efter min mor men kom i samma ögonblick ihåg att hon var i kyrkan. Som jag först var bländad av ljuset utifrån såg jag inte att det satt en figur och sov i trappan. Det var min svägers yngste bror, Rosario.

– Vad gör du här?!

I sin yrvakenhet tycktes han först inte känna igen mig. Sedan såg han på mig med smala misstänksamma ögon och började baklänges ta sig uppför trappan på händer och fötter som om jag hotat honom med vapen.

– Visst är du Rosario? Känner du inte igen mig?!

Jag sträckte ut min hand mot honom och log. Då svimmade han och skulle ha dråsat nedför trappan om jag inte tagit emot. Kokerskan, som hela tiden stått bakom, verkade helt paralyserad och jag fick ryta åt henne att springa efter en mugg vatten.

Jag blev stående där i trappan och vajade med Rosario i famnen. Hans kläder var dyblöta. Lika plötsligt som han tuppat av kom han till sans och rosslade:

– Tvillingarna är döda.

Överfarten till Murano blev dramatisk, det rådde nordlig vind och åska. Vi tog vägen via Rio della Panada, men gondoljären kunde inte hålla stånd utan vi drev tillbaka snett in mot hospitalet, där min mor propsade på en större båt. Gondoljären hänvisade till vår uppgörelse och krävde full betalning; det slutade med att vi tog ombord en extra gondoljär och vi anlände till min systers hus minuterna innan begravningen skulle börja.

Tvillingarnas död i mässlingen hade kommit som en chock för oss alla, men min mor hade inte drabbats av den vanmäktighet jag fruktat så för. Tvärtom hade hon levt upp, blivit praktisk och beställsam. Mycket affärsmässigt berättade hon för den förkrossade herr Balabanoff om hur hon själv hade förlorat tre söner i späd ålder, alla äldre än jag. Tvillingar hade hon också haft, men de hade framfötts döda i sjätte månaden. Mina döda bröder hade alla undfått dopet men givetvis inte tvillingarna. Enligt fader Ezzelino, kyrkoherde i San Pantaleone som själv hade fyra levande barn och två dödfödda med sin hushållerska, fanns det en egen himmel för de dödfödda. De sades återvända till ett särskilt hörn av det tomma rum där alla själar vistas innan de får en kropp. En dag skulle dessa returnerade själar kanske få ett andra tillfälle, om deras släktingar regelbundet bad och tände ljus för dem. Som barn straffades jag ofta med att visas in i klädkammaren och be ett varierande antal böner, beroende av förseelsens art, för tvillingarna. Detta fick ett snabbt slut när min far upptäckte att jag lyckats få med mig en brinnande ljusstump in i klädkammaren. Min mor hade aldrig sagt det högt, men för den som väl kände hennes vanor var det uppenbart att hon slutade tända ljus för de dödfödda när min syster födde tvillingar. Säkert var det bakgrunden till att hon tog deras plötsliga död med stor fattning; tvillingsjälarna behövde denna gång inte vända tillbaka till hörnet bland de oföddas själar. De var nu ordentligt döpta. Huset var fullt med släkt och grannar som kommit för att ta farväl av treåringarna; det var kö långt ut på gatan framför den nersotade fasaden. Först ville man inte låta min mor och mig gå före, då vi inte var kända till utseendet bland dem som stod sist i kön. Men sedan Rosario fått syn på oss från ett vindsfönster – han hade tydligen dragit sig upp under taket för att få sova – släpptes vi in. Huset, som då ännu tillhörde min systers svärfar, bar spår av generationers arbete i glashyttan: i salen var väggarna täckta med tallrikar och fat, byråer och skåp belamrades med vaser, klot, figurer, stop och vinglas på virad fot, i taket hängde en ljuskrona med sakta roterande kristaller vars ena sida var täckt med bladguld. Skåpsdörrar och paneler var prydda med inbyggda speglar, somliga blåsvarta av ålder. Fönsterrutorna var synnerligen utarbetade: de bestod av uppklippta buteljer och kannor i gult, rött och blått, som förmodligen smälts till hälften och sedan hällts i fönsterformar. De färgade rutorna gav den överbefolkade salen en sakral prägel, vilket ytterligare underströks av de två små kistorna som stod på matbordet: kistorna var gjorda av blyinfattat glas och i dem vilade de små, blomsterprydda som helgon.

Svärfadern röjde väg för min mor och mig, så att vi kunde tränga oss fram och kyssa tvillingarna. En präst hämtade min syster och hennes man från köket, där de uppenbarligen suttit och druckit kaffe, vilket lukten avslöjade, och förde dem fram till kistorna för att de skulle ta ett sista farväl. Min syster grät inte, i stället hade hon ett svalt leende på läpparna, som om hon tagit emot ett bifall från den talrika publiken. Min svåger däremot var otröstlig och fick slutligen slitas från tvillingarna så att locken kunde monteras på.

Under jordfästningen hade jag mina tankar på annat håll: min far hade en gång, då jag låg sjuk i magont och han trodde att han skulle förlora mig, lovat att om han någon gång blev rik skulle han låta blåsa en gondol av glas åt mig. Den skulle vara så lång att jag fick plats att ligga på mage i den. Sedan skulle jag kunna glida över lagunen och studera fiskarna, sjöstjärnorna och de sjunkna skatterna.

Sista gången jag träffade kommendören Bellincion Berti i Arsenalen verkade han ovanligt lätt om hjärtat. Vi satt med fången Magdalenus i ritkontorets förråd, då kommendören under förhöret också passade på att låta sin kalfaktor gå igenom sjökistan. Förutom kalfaktorn var också vakthavande kadett närvarande, vid detta tillfälle en trevlig finnig yngling som påstod sig ha sett mig på teatern.

– Bäste Magdalenus, sade Berti och jag skrev: vi har nu haft er i Arsenalens förvar i dryga fem veckor och det gläder mig att ni tycks ha hämtat er så väl. Jag har nyss, för vilken gång i ordningen vet jag inte, åter gått igenom era handlingar. Uppriktigt sagt är det mest strunt! Jag talar då inte om era beskrivningar av era påstådda upplevelser eller era dystra förutsägelser om Republikens framtid. Det tillhör så att säja inte min avdelning. Jag är förstås ond på er för att ni skrämt upp unge herr Cappiello med era skrönor om den heliga Gral, *men* beträffande det vi i Flottan är intresserade av, nämligen i vad mån ni skulle vara en marin säkerhetsrisk, finner jag underlaget aningen tunt. Vi har talat om undervattensfarkoster... riktigt... men era tankar om ett slags undervattensgalär framdriven med åror och med dubbla skrov av järn tycker jag snarare hör hemma i ett bestiarium än på ett skeppsbyggnadskontor. Det skulle vara synnerligen praktiskt både för oss och för er själv om ni inte hade några ytterligare funderingar i ämnet!

Magdalenus, som denna gång faktiskt inte satt och åt, nickade först nådigt åt kommendörens redogörelse och skakade sedan stilla på huvudet; tydligen ville han inte gå vidare på ämnet undervattensbåtar.

– Utmärkt, utmärkt. Beträffande det ni sagt om varmluftballonger är det knappast att betrakta som militära hemligheter. Bröderna Montgolfiers försök i den vägen har ju till och med valsat runt i skandalpressen. Själv tror jag inte på ballonger. De kan visserligen flyga, men de kan så vitt jag kan se inte styras. De är lika utlämnade som en drivande gondol på öppna havet. Jag kan tänka mig att de kan användas av kartografer som mera slumpartat vill studera ett landskap, men att använda dem för spaning... Hur skulle det gå till? Även om utkiken i korgen ser allt där uppifrån, så kan han ju inte återföra den kunskapen till sin uppdragsgivare. Återstår därför endast ett ämne där jag måste be er precisera er: vad vet ni om bemannade drakar?

Magdalenus fick god tid att fundera över frågan, då kalfaktorn bad att få gå emellan för att prova ett par västar ur sjökistan; han befarade att de krympt. Naturligtvis hade inte västarna av bästa brokad krympt, det var kommendören som lagt på hullet sedan sin förra sjökommendering.

– Min kära hustru anser att det är såserna.

– Bemannade drakar användes redan av farao Ramses den tredje vid belägringar, sade Magdalenus. Ett lik som dött i pesten surrades vid en stor drake som drogs upp i luften efter en stridsvagn varefter linan kapades så att draken drev in över den belägrade staden där den föll ner med liket.

– För det första trodde jag det var kineserna som hittade på draken och för det andra har jag hört historien förr. Men då var det turkarna som med hjälp av kastmaskin besköt det belägrade Konstantinopel med ruttnande lik. Så låt oss lämna forntiden: vad känner ni till om bemannade drakars sjömilitära användning?

– En galär som ros i hög hastighet rätt mot vinden kan också användas för att få upp en bemannad drake. I draken placerar man en utkik som kan spana av en mycket större havsyta än som är möjligt från en masttopp.

– Och *var* skulle detta ha praktiserats?

– På Negroponte.

– Och när?

– Vid en flottmanöver 1355.

– 1355? Ciacco, vad säjer dig det årtalet?!

Kalfaktorn gav mig andrum genom att be kommendören prova ett par sjöstövlar. Men jag behövde ingen längre betänketid. Ett av min fars stora intressen var historia. Så hade det varit i generationer inom vår släkt: det yrke som mina förfäder ägnat sig åt, skrivarens, typografens och skyltmålarens, gjorde att man i min släkt kunnat läsa och skriva medan man i andra familjer ännu måste anställa särskilt folk för att sköta så enkla saker som bokföringen.

– 1355 höll vi på att förlora vår konstitution och råka under envälde sedan dogen Marino Falieri låtit sig influeras av furstarna på italienska fastlandet.

– Och man halshögg honom. Skall vi vara tacksamma för det? Hade vi i dagens läge kunnat föra en kraftfullare politik under en upplyst enväldshärskare än under en doge som har händerna klavbundna av Senat, Koncilier och Generalförsamling? Tanken är förstås hädisk och får inte skrivas ner, Ciacco, men faktum är att vi inte haft en handlingskraftig man sedan Andrea Tron gick ur tiden för tio år sedan. Nå Magdalenus, det var alltså venetianare som flög med drakar på Negroponte för mer än fyra hundra år sedan?

– Greker.

– Greker? Finns inget så uppfinningsrikt och samtidigt bakslugt folk. Låt mig ställa en sista och avgörande fråga: har ni sett, hört talas om eller bara anat att något liknande, alltså bemannade drakar, skulle förekomma här och nu?

Jag höll andan, ty på kommendörens sätt att ställa frågan kunde ingen undgå förstå att just denna typ av bemannade drakar var något som vår Flotta antingen innehade eller i varje fall intresserade sig för.

– Inte efter Negroponte.

– Tack! sade kommendören och fick i samma ögonblick äntligen på sig ena stöveln.

Både kalfaktorn och jag suckade av lättnad.

– Och vad gör vi nu med er, Magdalenus?

Magdalenus själv tycktes inte alls intresserad av vad som skulle hända med honom.

– Förlåt, herr kommendör, får jag sticka emellan med en liten begäran?

– Visst, Ciacco.

– I vårt hus har vi en inneboende, en viss Sergej Pavlovitj Balabanoff, slussingenjör från Sankt Petersburg. Kunde herr kommendören tänka sig att ta emot denne herr Balabanoff i audiens?

– Visst, skicka hem honom till mig redan i kväll. Min hustru har soaré!

– Mycket vänligt, men jag tror att det är av vikt för herr Balabanoff att han så att säja blir mottagen i tjänsten, alltså här i Arsenalen.

– Nu vet jag vad vi skall göra med er, Magdalenus. Ni kan bli inneboende i familjen Cappiello. Har ni råd med det?

Magdalenus log och böjde lätt på huvudet, vilket vi alla uppfattade som att han dels hade vissa tillgångar, dels var beredd att bli hyresgäst hos oss.

– Jag måste först tala med min mor, svarade jag. Och: vad kan jag hälsa herr Balabanoff?

Men kommendören tycktes inte höra på. Som slagen av en plötslig tanke grep han efter förhörshandlingarna och bläddrade med bister min fram till förra förhöret:

– En sak bara. Den här sagan om den heliga Gral... och Herren Jesu ättling. Vad hände med honom?

– Han fick en son, svarade Magdalenus.

– Och vidare?

– En sonson.

Kommendören tittade i tur och ordning med stort allvar först på mig, sedan på kalfaktorn och slutligen på vakthavande kadett, innan han sade:

– Finns det någon nu levande ättling?

– Ja. I fyrtionionde led.

– En son?

– En son.

– Är det bekant var denne Jesu ättling i rätt nerstigande led i så fall skulle uppehålla sig?

– I Venedig.

Kommendören var nu uppenbarligen både djupt skakad och bekymrad:

– Jag hoppas ni förstår, Magdalenus, vad era upplysningar kan innebära, antingen de är sanna eller, vilket jag som rationalist måste utgå ifrån, rena rama påhitten. Petri Efterföljare, Hans Helighet påven i Rom skulle i ett slag detroniseras så som den förste bland dödliga, om det visar sig att det här på jorden finns en ättling till Vår Frälsare själv. Nå, så långt är det Kyrkans affär. Vad som gör mig djupt bedrövad är att ni påstår att denna ättling skulle uppehålla sig i Venedig. Republiken har alltid försökt hålla ett visst avstånd till Påvestolen, vilket självklart inte setts med blida ögon i Vatikanen... När vi nu efter åttio års fred står inför ett allvarligt krigshot och ligger i förhandlingar med staterna på fastlandet, inklusive Vatikanen, skulle ryktet om denna påstådda Jesu ättling här i Venedig allvarligt och svåröverskådligt kunna komplicera Republikens säkerhet. Jag måste – även om jag inte tror er – be er, Magdalenus, tala om för mig *var* ättlingen finns!

– Det är jag.

MELLERSTA DELEN

Min käre gudson:

Du som nu förbereder dig att lämna pråmarna och möta världen skall veta att för mig var det tvärtom. Enda gången jag som barn var ombord i en pråm var en tidig vår, då jag fick följa med min far till fastlandet. I hans åliggande ingick att granska och bokföra det ektimmer som för Arsenalens räkning fällts under vintern. På uppvägen mot Bassano nåddes han av meddelandet att kommendör Berti tvingats stanna med flottan i Gardasjön längre än beräknat. Vi skulle därför vända och följa timmerpråmarna nerför Brenta. Jag var sju år och förnumstig som en gubbe. Jag satt överst på timmertraven och lekte att jag förde befäl inte bara över vår pråm utan över hela pråmflottan med följebåtar och de dragoxar som sävligt lunkade längs floden för att sättas in vid behov. Med stort allvar semaforerade jag mina befallningar till det lägre befälet. Med lika stort allvar granskade min far mina förehavanden. Ännu kunde jag bära hans enorma förhoppningar och bli kommendör, senator eller varför inte chef för hela Arsenalen.

I mjuka böjar som ett stenogram rann Brenta över slätten. När min far lyft ner mig på pråmdäcket relaterade jag vad jag tänkt: hur kunde man veta att det var pråmen vi färdades i som rörde sig, varför i stället inte de sanka stränderna, sandrevlarna, popplarna längs vallarna, kvarnarna, villorna och de stengrå bondgårdarna? Om jorden nu var rund kanske hon vältrade sig åt nordväst och drog med sig hela land-

91

skapet på släp, medan vi i vår nerlastade timmerpråm i själva verket var det nav kring vilket hela universum vred sig?

När min far tolv år senare insjuknade, svullnade upp, rullade med ögonen och dog på tredje dagen, var hans sista ord "Brenta...". Jag insåg genast att han ville att det jag bäst skulle minnas av honom var denna vårmorgon när jag förde befäl och vi bägge var lika säkra på min framtid.

Min käre gudson, om vi någonsin träffas igen, skulle jag vilja att du för mig lika öppet berättar vad du i din barndom tänkt. Du som så länge du kan minnas trampat plank i stället för sten och kring dig haft människor som du måste ha upplevt som vanliga vuxna men som ute i stora världen inget annat är än tokar.

Men, efter detta återfall i sentimentalitet, tillbaka till Venedig 1795:

Så som jag överenskommit med markisinnan Leofanti efter Così fan tutte infann jag mig i hennes väntrum, där jag hälsades av herr Tristán:

– Markisinnan är dessvärre upptagen av besök, varför jag erbjuder min ringa person som sällskap medan ni väntar.

Målaren log falskt med sina svartnade tandstumpar och blinkade samtidigt menande med höger öga, vilket jag inte visste hur jag skulle uppfatta: var det ett försök till kurtis – eller en antydan att markisinnans besök var av det galanta slaget?

– Som jag förstår är ni en känd målare, herr Tristán. Tyvärr har jag inte haft nöjet att beskåda något av era verk. Kanske finns ni representerad här i Venedig?

– Mina verk finns spridda över hela Europa. Några av dem har hittat vägen ända till Nordamerika och jag räknar med att inom kort bli representerad även i Kina.

– Var då så snäll och berätta för mig *var* i Venedig jag kan beskåda något av er hand? I biblioteket? I någon av kyrkorna? De privata palatsen har jag dessvärre i egenskap av ofrälse begränsad tillgång till.

– Åh, ni behöver bara gå längs något av de bättre promenadstråken!

– Målar ni fasader?

– Titta i de fina damernas urringningar! Med andra ord: håll blicken där ni brukar.

Herr Tristán reste sig, gick fram till cembalon och plockade upp en medaljong ur ett etui. Han återvände och ställde sig framför mig med sitt svartnade grin och lät medaljongen pendla i sin kedja framför mina ögon. I medaljongen fanns en bild som jag med någon svårighet och lätt yrsel uppfattade som Leda och svanen.

– Är ni alltså miniatyrmålare?

Jag kände mig besviken; jag hade fått för mig att herr Tristán arbetade i det större formatet. När jag försökt föreställa mig den nakna markisinnan vilande i natten upplyst av lampetter eller scenen med Venus födelse ur havet, hade jag sett figurerna inte bara i naturlig storlek utan större, så stora att de upptog en hel vägg eller ännu hellre taket i ett palats. Han räckte mig en lupp så att jag närmare kunde skärskåda medaljongen. Det var hon, slankare än nu, men ansiktet var sig helt likt.

– Målat på beställning av markis Caracciolo i Palermo. Det är han som är svanen.

Vi avbröts av negressen, som serverade oss kaffe. På brickan hade hon tre koppar; den tredje bar hon ut igen och jag hörde henne fortsätta uppför den knirkande trätrappan. Vem satt däruppe och väntade på sitt kaffe? Herr Tristán avbröt mina funderingar:

– Som ni kanske har er bekant var markisinnan tidigare känd som den berömda sopranen Marina Balducci. Efter en kosmopolitisk karriär hamnade hon i Palermo som älskarinna åt nämnde markis Caracciolo. Det var vid samma tid som jag hade äran att göra hennes bekantskap. När hon kort därpå äktade markis Leofanti och paret, av skäl som vi inte skall gå in på här, lämnade De bägge Sicilierna för Venedig, följde jag med för att få tillfälle att fullborda ett par andra arbeten, främst Paris och Helena.

– Som jag uppfattar det prefererar ni den klassiska mytologin i era verk?

– Det finns bara en konst och det är den klassiska! Här i Venedig har man aldrig förstått att uppskatta det klassiska.

94

Tag Tizian och Tintoretto – tygmålare! Eller en nederländsk kludd som van Rijn: några av hans skisser i tusch eller blyerts har en viss fräschör – i övrigt en sammetsmålare!

– Men den berömde Tiepolo måste ni väl ändå uppskatta?

– *Berömde?*

– I varje fall hos oss är Tiepolo mycket uppskattad.

– I denna krämarstad uppskattar man inte bara en pastoral planschmakare som Tiepolo... Man hyllar även Longhi, lika låg i sina motiv som er "berömde" Goldoni. Ni faller också i farstun för en ingenjör som Canaletto och en kladd som Guardi, vars såsiga uppläggningar möjligen kunde kvalificera honom som kallskänka! Kanske kan man hysa *någon* förståelse för landskapsmålare som Zuccarelli, Zais eller Giorgione den yngre – men enbart tack vare deras låt vara ytliga men dock ej helt obefintliga kunskaper i grekisk mytologi. Vill ni höra min generella uppfattning om venetiansk konst de senaste hundra åren: vykort att lura på engelska lorder!

Negressen kom i samma stund nerför trappan med brickan, på vilken hon bar en urdrucken vinbutelj och ett halvfyllt glas. Som diskussionen om samtida konst enbart resulterade i herr Tristáns vrede, som i sin tur spred hans vedervärdiga andedräkt, sökte jag febrilt ett nytt ämne:

– Som jag förstår lever herr markisen också i detta hus?

Herr Tristán såg bistert på mig först med sitt ena rynkiga öga, knyckte så på huvudet som en gam och granskade mig med det andra:

– Ett råd bara: lägg inte er lilla näsa alltför djupt i familjen Leofantis privatangelägenheter. Ni är hitkallad som markisinnans handsekreterare. Jag har av ren vänlighet försökt konversera er om konst, ett ämne om vilket ni visar er veta platt intet.

Med denna replik lämnade den lille målaren rummet och

jag blev sittande smuttande på mitt kallnade kaffe. Det var inte gott. För att slippa den vedervärdiga lukt Tristán lämnat efter sig reste jag mig, klämde mig förbi cembalon och fick upp ett av de franska fönstren mot balkongen. Ute var rått och kyligt. Dimman låg tät och uppbullad längs kanalerna som om dessa varit bevuxna med frostiga bersåer. En båt därnere, närmast osynlig, avslöjade sin last av klirrande glas när den törnade emot en av pålarna intill fasaden. Runt hörnet på Rio Moncenigo passerade en pråm, till formen en jättesko. En eld i järnkorg glödde intill rorgängaren.

Jag skulle just återvända in då en helt naken figur plötsligt steg ut på bortre delen av balkongen, sträckte armarna över huvudet, gäspade så att andan stod som en rökkvast ur munnen, lyfte på ena skinkan och släppte väder för att sedan omedelbart störta in i värmen. Han såg inte mig. Men jag såg honom: det var Jacopo.

Mindre än en kvart senare satt jag hos markisinnan och tog diktamen. Hon vilade i sin himmelssäng mot ett berg av kuddar ursäktande sig med en fruktansvärd huvudvärk.

– Skriv, Ciacco: Den tjugonde december 1795. I går kväll efter dinén följde jag med min make till den hemliga ridotton vid San Moisé. Tristán var förstås också med. Efter att ha tillbringat tre timmar vid spelborden och satsat trettiotvå dukater kunde markisen kamma hem en sammanlagd vinst om sjuttiosju dukater. Efteråt superade vi hos Lancia, den gamle geten, som hela tiden gav mig ögon och, då Tristán somnat, helt ogenerat inför både markisen och sin dotter föreslog att jag skulle bli hans älskarinna. Jag lappade till honom med solfjädern, då han mycket väl vet att Zeno är min officielle älskare. Trots den sena timmen för min återkomst väntade min ivrige yngling på mig. Han har inte lärt sig ett dugg; han kastar sig över mig med sina nafsande kyssar. Sedan är det roliga över. Jag tycker om hans hår, hans hårlösa kropp och hans tänder. Men bara då han visar dem för att le, inte för att tala. Han är förfärligt obildad. Jag har sagt honom öppet att om han inte lär sig älska och hålla käften kan jag inte ha honom kvar.

I dag på förmiddagen dikterar jag detta för min lille sekreterare, så söt men så allvarlig.

Så länge jag kunde minnas hade min mor lidit av kronisk förstoppning. Nu hade emellertid vår hyresvärd prokuristen Wulffs kusin, apotekaren Frederico Seneca, föreslagit henne te på sennablad att intagas före sänggåendet. Som hon alltid gick och lade sig redan vid åttatiden vidtog tekokandet direkt efter kvällsvarden. Kokande sennablad är en av de vidrigaste dofter som finns: söt, jolmig och synnerligen genomträngande. Tillsammans med herr Balabanoff satt hon iklädd nattrock i matrummet-salongen och läppjade på den vedervärdiga brygden. Ryssen led inte av förstoppning – tvärtom – men han intog sennate av ren sympati för min mor. Jag skulle just ursäkta mig och gå upp på taket, som trots decemberkylan föreföll mig vara ett angenämare ställe att vistas på än det varma, illaluktande matrummet, när det bankade på dörren. Det var Jacopo. Som två kompletta främlingar såg vi på varandra och jag bad honom, med den avvaktande artighet varmed man bemöter främmande människor som söker upp en i ens hem, stiga in.

Jacopo betedde sig också som en okänd. Allvarligt hälsade han på min mor och ryssen, han hade så när presenterat sig, och låtsades inte med minsta min om sennastanken. Vi slog oss ner och min mor erbjöd honom en kopp av teet, som han likt en främmande först avböjde men vid förnyad förfrågan emottog. Herr Balabanoff började konversera honom om vädret, vilket snabbt avverkades, varefter min mor hakade på med sin detaljerade redogörelse för begravningen på Murano. Hon berättade också, vilket var en nyhet för mig, att

hon propsat på att min syster skulle flytta hem till oss i mars
då hon väntade sitt tredje barn. Min mor var fast övertygad,
inte minst sedan hon prövat teorin på apotekare Seneca, att
den sotiga luften på Murano bidragit till tvillingarnas död i
en så banal åkomma som mässling. Herr Balabanoff höll för-
stås med, Jacopo hade i egenskap av främling inget annat val
än att som artigheten krävde nicka bifall – och slutligen höll
också jag med, kanske för att jag hoppades att tjatet om en
svärdotter skulle mildras om min syster kom hit, eller också
var det sennadoften som berövat mig all oppositionslusta. I
detta ögonblick bankade det på dörren igen.

Det var två marinväblar, som stod därute i decemberreg-
net. Åsynen av dem gjorde mig glad; hela veckan hade Mag-
dalenus ständigt varit i mina tankar och jag ville till varje
pris få träffa honom igen. Inte i första hand för att lyssna till
vad han sade, utan då jag längtade till den trollcirkel av lugn
som omgav honom, särskilt när han var tyst eller låg och sov.
Väblarna lämnade ett brev och tackade därefter för sig, vil-
ket gjorde mig något snopen. Brevet löd:

Arsenalen den tjugoandra december 1795

Bäste Ciacco Cappiello,

Er begäran om företräde för Er ryske vän kommer att veder-
faras den tredje januari klockan elva om förmiddagen.

Eder etcetera
Bellincion Berti
Kommendör, Underbefälhavare och
Chef för Arsenalens ritkontor

Innan jag visade brevet för herr Balabanoff gav jag mig en
stund att tänka efter: varför stod det inget om fortsatta förhör

med Magdalenus – och varför beviljades en audiens med nära två veckors varsel? Vanligen gällde en sådan kallelse omedelbart eller till påföljande dag. Jag beslöt att inte fundera vidare över saken; jag hade – uppriktigt sagt – vid denna tidpunkt nog med andra bekymmer.

Jag hade räknat med en översvallande reaktion från vår hyresgäst när jag läste upp brevet. Men tvärtom blev ryssen synnerligen nerstämd, inte för att audiensen skulle äga rum först den tredje januari, utan då han uppfattade väntetiden som alltför kort. I hans hemland lät betydelsefulla personer vänta på sig i månader. Kanske, funderade herr Balabanoff, var det i själva verket så att kommendören inte alls var tillräckligt betydelsefull. Kanske var Berti bara en avdankad sjömilitär som satts på landbacken och nu i sin isolering trängtade efter att folk, hur obetydliga de än var, skulle söka upp honom och hålla honom sällskap.

Jag förnekade livligt denna tolkning och hade så när avslöjat hela historien om Magdalenus, för att bevisa hur betydelsefull kommendören i själva verket var. Inget hjälpte emellertid och ryssen bad att få dra sig tillbaka. Medan min mor gick ut i köket för att värma på sennateet – hon hade just erbjudit Jacopo påtår – viskade denne:

– Ricci vill träffa oss på Spadaria!

– Bibliotekarien?

För att slippa fortsättningen av min mors redogörelse för begravningen – hon hade ännu inte nått längre än till stormen utanför hospitalet – och kanske, i den mån jag ännu hyste någon vänskap för Jacopo, för att rädda honom undan en andra kopp te, berättade jag så snart min mor återkommit att jag var nödsakad att följa med Jacopo på ett hastigt uppdrag.

Det hade slutat regna men vi sprang ändå hela vägen för att hålla värmen. I Café Spadaria var rutorna totalt nerimmade av kyla, tobaksrök och ångorna från het choklad. Varenda stol var upptagen och det stod folk i kö ändå ut i entrén. Sorlet var så intensivt som det bara kunde bli när mina landsmän ägnade sig åt sin favoritsysselsättning: att hålla föreläsning för varandra.

Någon Ricci syntes inte till och jag var genast beredd att vända, för under vår språngmarsch hade min tvekan förstärkts. Ricci var antingen spion eller akademiker med jakobinska sympatier och Spadaria var känt eller ökänt som radikalernas tillhåll. Här kunde man läsa förbjuden dagspress som förts in i staden av privatpersoner förbi censuren i Padua. Plötsligt tog någon mig i armen. I tron att jag var arresterad blev jag stel som en pinne. Det var Ricci som viskade:

– Vi håller till i ett rum ovanpå.

Ricci förde oss uppför en baktrappa och vi kom in i ett långsmalt rum vars väggar bestod av skjutbara paneler med kinesiska motiv. Bakom panelerna skymtade tätt packade bokhyllor. Det behövdes inte mycket fantasi för att förstå att detta var ett hemligt bibliotek; vid tecken på fara kunde de skjutbara panelerna stängas på ett ögonblick. I rummet, där total tystnad rådde, satt fem män vid ett långt bord belamrat med chokladkoppar och boktravar. Två av dem såg hastigt upp då vi trädde in. De andra tycktes alltför fördjupade i sin litteratur. Ricci förde oss runt och vi handhälsade hastigt men ingen presenterade sig.

– Vi kallar oss LEF-klubben, förklarade Ricci sedan han en andra gång kontrollerat att dörren var låst.

Vid detta tillfälle funderade jag aldrig över vad LEF stod för. Det var först långt senare som jag insåg det självklara och utmanande i de tre bokstäverna L, E och F: Liberté, Egalité, Fraternité.

– Hur hittade ni oss? frågade jag. På Florian betonade ni ju att ni inte hade en aning om våra namn?

– Er vän Jacopos originella masker har gjort honom känd.

101

Ricci tog oss till en fönstersmyg för att inte störa sina läsande vänner.

– Vi kallar oss inte jakobiner. Vi avskyr tvärtom pöbelvälde. Men vi tror att det måste finnas en tredje väg som bygger på sans och måtta. Vi vill inte avsätta dogen. Inte för att vi anser Ludovico Manin särskilt kompetent. Men för att vi tror på dogen som sammanhållande symbol. Vi vill inte störta adeln, vi anser den vara den köl och den ballast Republiken behöver. Men vi kräver tillträde till ämbetena och Senaten. Vi är patrioter. Vi bekämpar aristokratins sätt att förnya sig genom att låta adel från fastlandet inskriva sig i Gyllene boken. Förnyelsen skall ske *här*, inte genom att fler adlas utan genom att den som är kompetent, oberoende av börd, får utöva sin kompetens, såväl i fackfrågor som politiskt.

Jag försökte fånga Jacopos blick för att få stöd, men han anlade åter den min av förbindligt främlingskap som han nyss visat i vårt hem.

– Vad vill ni oss? frågade jag. Vi är inga studerade karlar som ni. Vi saknar examina, vår skolgång har skötts av släkt och vänner, vi har fått lära oss att så kallade intellektuella ibland visar oss intresse för att i nästa ögonblick svika oss, lämna oss som om vi vore sällsamma fjärilar uppträdda på nålar, för att i stället ägna sig åt ett vitrinskåp fyllt med egendomliga stenar.

– Din kritik svider, gosse – men vad är alternativet? Låta Venedig stelna till en dockteater? Vänta på österrikarna? Eller fransmännen som säkert skulle göra slut på aristokratin, men skulle de ge oss politisk frihet? Vill ni bli vår sekreterare, Ciacco?

På hemvägen var Jacopo mycket tyst. Jag också. Jag brann inte av lust att diskutera vad som hänt. Helst ville jag glömma alltsammans. Jag hade nog av starka personligheter. Riccis styrka låg inte i hans utstrålning, likt Magdalenus, utan i hans lugna argumentation. Jag kände djupt i mitt hjärta att han hade rätt. Och jag kände lika djupt att han blott kunde skaffa mig smärta och elände.

Så fort vi kommit över bron till Rialto tog Jacopo som den naturligaste sak i världen godnatt och försvann bortåt palazzo Leofanti.

Sent på julafton, då vi alla gått till sängs, hördes någon högt och skärande ropa mitt namn. Som jag inte visste om det var dröm eller verklighet lade jag kudden över huvudet och somnade om. Jag hade inte sovit många ögonblick när herr Balabanoff störtade in i mitt rum och skrek:

– Det brinner, det brinner!

Från gränden hördes åter den gälla stämman:

– Ciacco! Ciacco Cappiello!

Vi rusade in i ryssens rum, som hade fönster åt gränden, och ropade ner:

– Brinner det?

Det var ingen eldsvåda. Mitt namn har tydligen en avlägsen likhet med brand eller eld på ryska, varför herr Balabanoff i sitt somnambula tillstånd var fullt ursäktad. I mörkret där nere stod en vitklädd figur och höll en lykta framför sitt ansikte, så att jag skulle känna igen honom. Det var konditorn i San Pantaleone, Michelangelo Torremuzza, väl känd av alla småpojkar då han generöst bjöd på bakelser bara han fick titta på när man kissade. Nu var konditorn emellertid här i annat ärende:

– Ciacco, du måste veta var Jacopo håller hus?! Hemma är han inte och ingen har en aning om vart han har tagit vägen. Vad ska jag ta mig till?! I snart tio år har han hjälpt mig göra marsipanfigurer till krubban. Om några timmar firar vi Herren Jesu Kristi födelse – och den satans Jacopo har dunstat!

Jag utgick självklart från att min före detta vän Jacopo befann sig i palazzo Leofanti för att lära sig älska och att han föredrog denna syssla framför att knåda marsipan. Jag ropade:

– Tyvärr, herr Torremuzza, inte heller jag har sett Jacopo.

– Då får du hjälpa mig!

– Jag?

I konditoriet rådde en blandning av jäkt och uppgivenhet. Trågen med marsipan stod staplade framför den vid det här laget mycket urblekta och kletiga akvarell som så långt jag kunde minnas använts som förlaga. Bilden vaktades av konditorns uråldriga spanska farmor, en hopskrumpnad svart gumma mitt i allt det vita. Hettan var outhärdlig, inte bara på grund av alla brinnande ljus, utan temperaturen höjdes ytterligare av två lärlingar som stod med naken överkropp och smälte socker. Fru Torremuzza blandade karamellfärg och familjens niece, Lucretia, höll svärjande på med något som jag först uppfattade som ljusstöpning, men som visade sig vara tillverkning av chokladstänger. I ett inre rum, om möjligt ännu hetare, passade portvakten ett sjudande vattenbad.

Jag tilldelades uppgiften att tillverka djur. Michelangelo Torremuzza själv gav sig i kast med den heliga familjen och Lucretia satte igång att bygga stallet av choklad. Jag gav nästan genast upp inför den omöjliga uppgiften. Varför kunde Torremuzzas inte som andra gjuta sina figurer i formar? Men antingen var de för snåla att skaffa formar eller så menade Torremuzza faktiskt vad han sade: att Betlehem måste *återskapas* på nytt varje jul, inte gjutas i döda formar. Och för detta hade han förlitat sig på Jacopo, församlingens skulpturbegåvning – en flyktig karaktär, predestinerad att svika sina vänner!

Jag klämde ihop en oxe som om den över huvud taget liknade ett djur i så fall närmast associerade till en behornad katt. Jag gjorde ett lamm som möjligen kunde ha passerat som en av de tre vise männen och en häst som faktiskt liknade – jag började bli varm i kläderna – en flodhäst. Lucretias stall av chokladstänger var det enda inslaget som hade någon likhet med den tecknade förlagan. Michelangelo Torremuzzas heliga familj såg ut för vad den var: konfekt. Redan passerade små klungor av folk med lyktor ute på Campon på väg till kyrkan. Vi var nu så svettiga att vi måste gå ut på bakgården och tvätta händer och ansikte för att inte marsipanen skulle lösas upp av svetten. Konditorn skickade också runt en flaska cider.

I detta ögonblick hördes en dov knall inifrån konditoriet och en eldboll rullade ut genom dörren till bakgården. Efter eldklotet kom den lilla gumman störtande med käppen i högsta hugg som om hon försökt puckla på elden. Det brann i hennes sjal och vi lyckades fånga henne och stjälpa henne i tvättkaret. Det var helt omöjligt att ta sig in i konditoriet. Därinne brann sockret och krukorna med sprithaltiga essenser med huvor av blå lågor. Allt som inte var omedelbart eldfängt smalt. Chokladstallets bjälkar kroknade och sjönk ner över alla djuren och den heliga familjen, som ett slag tycktes fäkta och kämpa för att befria sig från den puttrande chokladen, innan själva fundamentet rämnade och hela härligheten plaskade i stengolvet.

Som genom ett mirakel fattade inte själva konditoriet eld. Först när elden falnat av sig själv lyckades man organisera en langningskedja med hinkar från kanalen. Ingen hade heller blivit skadad utom gumman som fått vatten i vrångstrupen. När den värsta uppståndelsen lagt sig såg herr Torremuzza och jag länge på varandra. Vi behövde inte uttrycka våra känslor med ord: branden var en skänk från himlen som räddat konditorn – och oss andra – från en säker skandal. Vi kunde tacka de himmelska makterna att fuskverket brunnit upp och inte behövde ställas ut.

Hela natten hade jag suttit uppe och försökt formulera en lång kärleksförklaring. I gryningen gav jag upp. Marina Balducci skulle säkert börja skratta om jag drog fram ett papper och började läsa upp ett glödande tal. Och om jag lärde mig talet utantill skulle jag säkert i stället börja staka mig i det avgörande ögonblicket. Nej, bäst vore om jag försökte skapa en otvungen stämning mellan oss, så att samtalet helt osökt kom att glida in på ömmare områden. Om jag till exempel började:

– Bevärdigas Ers Nåd för några flyktiga ögonblick lyssna till bruset från mitt enkla hjärtas lovsång till livet?

Vad svarade hon då? Låt oss anta att hon inte svarar alls utan helt stilla lägger sin lilla hand på min som för att hindra den att skriva, som för att ge en vink att nu är inte längre tid för arbete utan för... Vad gör jag då? Jag lyfter hennes hand till mina läppar. Riskabelt! Bättre då att se henne djupt i ögonen och säja:

– Madame, det är en stor ära för mig att ni velat använda er av mitt öra att diktera i, och min hand att låta skriva ut... Men är jag då inget annat än ett öra och en hand?! Är jag icke också huvud, kropp och hjärta?! Med er skarpsyn, madame, måste ni någon gång, om än helt flyktigt, ha frågat er: vad är den unge mannens hjärta fullt av när han sitter här vid sängkanten så diskret? Av er, madame!

Farligt, farligt! Mina känslor för henne tvivlade jag inte ett ögonblick på, men lät de äkta? Föremålet för min kärlek var ju en kvinna som måste ha tvingats åhöra hundratals kär-

107

leksförklaringar. Hur skulle jag få henne att tro just på min? Hur skulle jag kunna veta att ögonblicket var just det rätta?

Enligt Jacopo spelar det ingen roll vad man säjer till en kvinna, vad som gäller är *hur* och *när*.

Hela morgonen slösade jag bort på denna inbillade konversation. Till slut råkade jag i tidsnöd – hon hade beställt dit mig klockan tio – och jag fattade ett snabbt beslut, tog en lapp och skrev: *Jag älskar er.* Jag stack lappen i västfickan närmast hjärtat och begav mig springande till palazzo Leofanti.

Genast jag visades in i hennes sängkammare började hon diktera utan att så mycket som hälsa:

– Vad julen tråkar ut mig! Trots att markisen inte har någon enda släkting här är helgen full av tråkiga plikter. Juldagens morgon tvingades jag upp i svinottan för att dela ut mat bland de fattiga. Abbé Firraloro, som jag blivit riktigt god vän med sedan han slutat vara min älskare, hade visserligen försökt göra det så lätt som möjligt: jag behövde varken ta emot några fattiga i mitt hem eller bege mig till slummen. De pastejer de gjort nere i köket kunde jag i stället överlämna till några munkar, som kommit från San Francesco del Deserto, för vidare befordran till de fattiga. Därefter begav jag mig till kyrkan i sällskap med min make, som trots sitt bedrövliga tillstånd inte kan nekas detta årliga kyrkobesök.

Juldagens enda drägliga inslag var det gräl som uppstod mellan Tristán och Zeno om våra bägge gossars företräden. Zeno håller i likhet med mig på Jacopo. Han är vacker men ytlig. Tristán har bara ögon för Ciacco, som han visserligen inte finner lika vacker som den andre men mera själfull. Nå, varför inte, om han nu önskar sig en – stryk under, Ciacco – *själfull* älskare.

Skall jag låta Zeno överta Jacopo? Zeno tycker vi kan dela på honom men jag skulle aldrig kunna dela älskare med Zeno. Zeno har inget sinne för organisation. Om vi gjorde överenskommelsen att jag skall ha Jacopo jämna datum och Zeno ha honom på ojämna, kan man slå sig i backen på att Zeno glömmer att vissa månader bara har trettio dagar, för att nu inte tala om februari. Äntligen gjorde hon en kort paus för att sträcka sig efter några vindruvor på nattygsbordet. Kvickt stack jag in handen för att få fram lappen ur västfickan. Den var borta! Jag låtsades få ett kort hostanfall, vände mig bort och trevade i kläderna. Fördömt! Jag hade i mitt sömndruckna tillstånd glömt att det var hål i västfickan. Nu hade lappen i stället glidit ner i byxlinningen...

– På kvällen tog vi emot lutenisten Dopp som hade med sig såväl barockgitarr som dito luta och bland annat framförde – Ciacco, ge mig programmet! – Svit i d-moll av Robert de Visée, Ludvig den fjortondes favoritkompositör och specialist på att spela den sömnlöse monarken till sömns. På mig hade stycket effekt efter två minuter, men då snarkade Tristán redan så häftigt att Dopp fick stämma om instrumentet.

Sedan Dopp gått, och Marietta väckt mig med en kopp het choklad, tog jag emot kvällens siste besökare, vår granne herr Bazani. Till skillnad från andra tillfällen, när vi setts tvärsöver kanalen, då herr Bazani skjutit på hökarna som bor i kampanilen, var han inte beväpnad. Den gode jägaren var åtskilligt besvärad. Hans hustru hade sänt honom för att be mig ha fördraget i ateliern under – citationstecken, Ciacco – "poseringarna". På min direkta fråga svarade emellertid den gode mannen att för hans personliga del skulle livet bli bra mycket tristare om jag villfor hans hustrus begäran.

Hon tog en vindruva till och jag lyckades fiska upp lappen ur byxan. Innan jag hann släta ut den och överlämna den var hon emellertid igång igen:

– Jacopo gör – stryk under – *vissa* framsteg men kan sätta mitt tålamod på hårda prov som till exempel natten till den tjugotredje, då han drabbades av en plötslig attack med lös avföring. Nå, det kan hända den bäste, och en älskare med diarré är trots allt att föredra framför en med impotens. Det var hans krystade bortförklaringar efteråt som irriterade mig. Han skulle, påstod han, ha varit tvungen att av artighetsskäl dricka en kopp synnerligen illasmakande te, trots att han av en annan gäst upplysts om att teet var ett avföringsmedel. Och – stryk under – *trots* att han visste att jag väntade honom! Händer det igen skall jag utan vidare pardon överlåta honom på Zeno, som i ett avgörande moment kommer att bli – stryk under – *mycket* överraskad.

Hon böjde sig fram för att nå klocksträngen och kalla på kammarsnärtan. Men mitt i rörelsen hejdade hon sig, pekade i golvet och sade:

– Ge mig biljetten som ligger där!

Jag kunde inte annat än att ge henne min lapp som uppenbarligen fallit från mitt knä.

– *Jag älskar er...* jaha, det var då rakt på sak. Vem kan ha skrivit det? Inte du, Ciacco, du skulle inte uttrycka dig så klumpigt!

– Naturligtvis inte.

– En sak skall du veta. Visst älskar jag också dig. Jag älskar alla mina män, var och en efter förtjänst. Du har ett alldeles särskilt rum i mitt hjärta. Precis som lille Jacopo har sitt, Tristán ett annat, liksom Zeno. En sak vill jag att du skall veta: försök aldrig smita in i något annat rum än det jag tilldelat dig.

Hon räckte mig handen att kyssa som tecken på att dagens diktamen var till ända.

110

På nyårsafton fick jag inte mindre än tre brev. Det första kom med posten och var undertecknat av herr Villani och innehöll en varning för att jag tagit diktamen utan medlemskap i skrivarskrået. Det andra kom vår hyresvärd prokuristen Wulff med. Det var från herr Mozzi och hade lämnats till prokuristen med en muntlig begäran att denne skulle försöka få mig att ta reson. Själva brevet innehöll ett bevittnat hot om stämning försåvitt jag inte före årets utgång levererade Grisen i säcken och Così fan tutte samt betalade sexton dukater i kompensation för produktionsavbrott. Den tredje försändelsen gjorde mig verkligen rädd. Den avlämnades vid dörren av en flaggkorpral från Arsenalen och innehöll snabbprotokoll och samtliga utskrifter av förhören med Magdalenus. Något följebrev fanns inte med, men någon annan än kommendören kunde inte gärna vara avsändaren. Men varför skicka detta topphemliga material till mig?

Jag tillbringade hela eftermiddagen på min kammare med handlingarna. Enda skälet till att jag fått dem måste vara att kommendören tänkte ta upp historien den tredje januari för genomgång och ville ge mig tillfälle att läsa in ärendet. Men varför *jag*? Min roll hade ju hela tiden varit i första hand den passive nerskrivarens och i andra hand den tillfällige förhörsledarens. Luntans första blad hade inte mig som protokollförare och behandlade Magdalenus arrestering. Någon definitiv klarhet hade inte skapats kring denna. Kanske var det Polisen som placerat honom på Punta della Doganas klot eller så hade han hamnat där av andra krafter. Jag kan inte

111

säja att det särskilt bekymrade mig vilket. Sedan gammalt fanns ju en tradition av oförklarliga så kallade placeringar i Venedig. Den mest berömda var historien om den Femte hästen. En morgon tidigt på våren 1355 upptäckte stadsvakten en levande häst bredvid de fyra bronshästarna i basilikans fasad. Hästen, som var av den storväxta och sävliga ras som piemontesarna använder i jordbruket, stod helt lugnt och tuggade på en knippa halm. Hur den kommit upp blev aldrig klarlagt. Inte heller kunde man ta ner den. Påföljande natt stacks den, styckades på platsen och kroppsdelarna brändes sedan på inrådan av Kyrkan. Historieskrivarna har allmänt antagit att den Femte hästen var ett förebud för vad som stax därefter skulle komma att skaka Republiken i dess grundvalar, alltså dogen Marino Falieris försök att göra sig till envåldshärskare.

Äntligen kom då den tredje januari, den kallaste morgonen i mannaminne. I sista minuten embarkerade herr Balabanoff och jag vår hyrda gondol. För första gången i mitt liv såg jag Venedigs kanaler isbelagda. Isen var så tjock i San Pantaleone att den bar småpojkar. Ute i Canal Grande var vattnet inte helt tillfruset men på flera ställen hade man fått bryta rännor. När vi passerade akademin såg vi en sällsam scen på kajen. En glasmästare hade kört en kärra full med fönsterbågar intill kajkanten och nere på isen stod hans drängar och sågade isrutor efter mall. Alla palatsen utefter Canal Grande var dekorerade med frostpansar och istappar som i förmiddagssolen fick dem att likna kanderade bakelser och gav dem en glans som vida överträffade den vanliga.

Tack vare kylan var trafiken i bassängen sparsam och vi kunde ta igen litet av tiden, men klockan hann ändå klämta elva innan vi nådde Arsenalens kedjeskyddade port. Där hejdades vi och fick vänta gott och väl en timme.

Stämningen var nervös och folk sprang om varandra. Trots sin stora dag var emellertid herr Balabanoff fullständigt lugn och samlad. Att vi efter en extra kontroll inne i Arsenalen hunnit bli mer än två timmar sena, när vi nådde ritkontoret, bekom honom inte. Vi steg iland och jag fick tag i en officer som kunde läsa vår inbjudan. Officern stirrade på oss och sade:

– Är inte herrarna något sent ute?

– Vi blev uppehållna först av isen, sedan av vakten. Var åtminstone snäll och anmäl att vi anlänt.

– För vem?

– För kommendören förstås.

– Den avgående eller den tillträdande?

Så fick vi då veta att Bellincion Berti inte längre var chef i ritkontoret. Han hade befordrats till amiral.

– Till *amiral?*

– Just, flinade officern, till sötvattensamiral.

På 1400-talet i det så kallade Femte kriget mot Genua hade milanesarna belägrat Brescia och avskurit den normala flodvägen. Enda möjligheten att undsätta den inringade staden var via Lago di Garda. Från Verona och uppför floden Adige sändes nu sex galärer och tjugofem smärre båtar. Vid Roverto togs skeppen upp på land och drogs med hjälp av tvåtusen oxar över bergssluttningarna och ner mot Garda. Operationen varade femton dygn och resulterade först i ett nederlag mot den milanesiska Gardaflottan, men efter förstärkningar kunde Venedig tillkämpa sig herraväldet på sjön. Sedan dess hade vi en sötvattensamiral som chef för Gardaflottan, i den mån den nu existerade. Det betraktades som den löjligaste kommenderingen i hela Marinen.

Jag lämnade herr Balabanoff förnöjt spankulerande på bryggan i vintersolen; han hade inte förstått något av händelsen utan fröjdade sig i stället åt att, som han trodde, få möta en amiral i stället för en kommendör. Uppe i ritkontoret rådde livlig verksamhet, man flyttade möbler och bar stora rullar med ritningar från den ena hyllan till den andra.

113

Jag lyckades tränga mig fram till disken utanför kommendörens väntrum och få vakthavande kadett att läsa Bertis inbjudan.

– Fel person, fel tidpunkt!

– Anmäl oss åtminstone.

Kadetten vägrade styvnackat tills jag insåg att inget annat skulle hjälpa än att jag skramlade med min magra börs. Han berättade då att till ny kommendör utsetts förutvarande chefen för Magistrato all' Armar herr Calogero Dandolo, vilket var synnerligen förvånande, inte för att herr Dandolo tillhörde en av stadens förnämsta släkter, utan därför att han varken var officer eller ingenjör. Däremot var han intimt lierad med biträdande polismästaren, det visste alla. Det stod med andra ord klart att Bellincion Berti förlorat ett intrigspel.

Jag länsade nu min börs och bad kadetten omedelbart föra mig till nye kommendören. Han lät mig följa med upp på vinden. I trappan upp hörde jag ett egendomligt dunkande, som om någon rullat kanonkulor däruppe. När vi skaffat oss tillträde till det långsmala vindskontoret fick det dova mullret sin förklaring: tillsammans med tre något berusade ungherrar spelade nye kommendören boccia. Det vill säja, själv var Calogero Dandolo så stagad att han föredrog att sitta vid ett bord och gnaga på ett gåslår. Han var i min ålder, blekfet och iförd flottig nattrock. När jag trodde mig ha fångat hans uppmärksamhet gjorde jag reverens och framförde mitt ärende:

– Alltså hoppas jag att herr kommendören ville finna det förenligt med sin dyrbara tid att helt som hastigast emottaga den ryske baronen och slussingenjören Sergej Pavlovitj Balabanoff i audiens?

– Avslås! röt kommendören och började sedan hånfullt kommentera bocciaspelarnas prestationer.

Kadetten ryckte mig i ärmen att vi skulle gå och jag såg

ingen anledning att stanna. Men det var som om Calogero Dandolo haft ögon i nacken; just som jag stod på tröskeln ut ropade han mig tillbaka:

– Tala nu bums om vad min företrädare gjorde med den där fången... Magdalenus?!

Jag förklarade sanningsenligt att jag inte hade en aning därom.

– Pappren på karln är också försvunna. Vet ni inte heller var de finns?

– Nej herr kommendör, ljög jag.

– Inte? I så fall kan ni gå! fräste Dandolo och viftade iväg mig som om han skakat en fluga från sitt gåslår.

När jag återvände ner på bryggan för att meddela herr Balabanoff det dystra utfallet tog han sig i stället för med att försöka trösta mig, som om jag varit den som snöpligen gått miste om en audiens. Själv accepterade han utan vidare, som han sade, maktens nyckfullhet:

– Gossen min, makt är inte makt om den inte är oberäknelig!

På återvägen fick vi bevittna ett praktfullt skådespel i bassängen. Samtidigt som den nye påvlige nuntien med stort följe roddes nerför Canal Grande mot dogepalatset, lämnade Marockos ambassadör kajen vid Molo. Avrättningen av tre marockanska pirater hade, trots att den ägt rum i skymundan, varit det stora samtalsämnet över nyår. Muhammad ben Olman Mahgia återvände nu pompöst och förorättad till sin kejsare.

Jag hade begivit mig till Spadaria för att söka arbete. Vår finansiella situation hade från att ha varit prekär nu blivit obefintlig. Herr Balabanoff var inte att räkna med, min välgörare amiral Berti befann sig i Garda, Jacopo var inte längre den vän man bad om lån, och för det arbete jag uträttade åt markisinnan hade jag ingen annan lön att hoppas på än odygdens. Endast tack vare prokuristen Wulffs välvilja höll vi oss flytande.

Ricci hade varmt välkomnat mig men inte förnyat sin förfrågan om jag ville bli klubbens sekreterare, bara bett mig ta plats. I sällskapet räknade jag med att åtminstone ett par advokater eller ämbetsmän skulle ingå, folk som kunde tillfrågas om arbete med andra ord. Jag vågade inte ge mig ut på den öppna arbetsmarknaden efter varningen från herr Villani. Denna kväll skulle två föredrag gå av stapeln, ett om rättskipning och ett om stadsplanering. Advokaten som behandlade vårt rättsväsen refererade – vilket han sade helt öppet – Cesare Beccarias skrifter. Själv hade jag inte läst dem vid den här tiden men jag hade hört talas om Beccaria som en galning från Milano. Hans skrifter mot dödsstraff och tortyr ansågs dels vanvettigt löjliga och dels så farliga att de förbjudits. Föredraget innehöll en lång rad juridiska facktermer och spetsfundigheter samt långa citat på latin, med vilka den så kallade intelligentian svartsjukt brukar inringa sina kunskapsträdgårdar.

I debatten efteråt hyllades allmänt Beccarias idéer utom i två fall. En herre som påstod sig ha ett icke dogmatiskt förhållande till religionen ville ifrågasätta om inte dödsstraff trots allt vore berättigat för landsförräderi och hädelse. Ingen höll med honom beträffande landsförräderi men hädelse splittrade församlingen: hälften, däribland Ricci, ansåg att inte heller förnekandet av Gud skulle medföra döden. Den andra halvan av församlingen menade att just döden var den enda möjligheten för brottslingen att undgå de eviga straffen och att man därför med tanke på hans eget bästa borde inte bränna men låta guilliotinera honom. Detta ledde till en följediskussion om huruvida fallbilan var det barmhärtigaste sättet att avliva folk. En herre, som hade svårt göra reda för sig då han stammade svårt och som visade sig vara läkare, erbjöd sig att till nästa möte förbereda ett föredrag om graden av grymhet vid skilda avrättningsmetoder.

Det andra föredraget hölls av en herr Enrico Besta, arkitekt från Padua, som bland mycket annat sade:

– Långt innan Venedig valde Paoluccio Anafesto till sin förste doge år 697 hade staden gjort sig helt beroende av sina vattenvägar. Ända fram till för två hundra år sedan var detta fullt ändamålsenligt. Nu, mina herrar, är vattenvägen en återvändsgränd som, om vi inte finner andra lösningar, kommer att föra oss i fördärvet. Många penningstarka personer har för länge sedan insett detta och investerar hellre i mark på fastlandet än i sjöfart och handel. Ur militär synpunkt kan vår flotta inte längre effektivt skydda oss. Den är trots Angelo Emos ansträngningar omodern och underlägsen den engelska och den franska. För att vara uppriktig: Venedig ligger som på en bricka, en tårta färdig att ätas. Jag skall nu visa några kartonger som skisserar en säkrare framtid.

Arkitekt Besta fick hjälp med att hålla upp några smärre kartonger, som jag inte hade en möjlighet att rita av, och fortsatte:

– Första bilden visar vad som händer om man river större delen av den nuvarande starkt nerslitna bebyggelsen på San

Marco och Rialto, fyller igen samtliga kanaler, även Canal Grande, och ersätter kanaler och gränder med tolv breda boulevarder som strålformigt utgår från basilikan, den enda av de gamla byggnaderna som sparas.

– Stan kommer att sjunka!

– Lugn mina herrar, sade Ricci. Tids nog blir det tid för diskussion.

– Staden kommer inte att sjunka, fortsatte arkitekten. Här på nästa plansch ser vi varför: vattnet är borta från lagunen. Det är nämligen den centrala idén i mitt förslag. Vi borde lära av de framgångsrika holländarna, som blivit oss sådana svåra konkurrenter, att land kan vinnas från havet. Om Malamoccoporten och de andra tillflödena läggs igen och kanaler grävs för att leda floddeltats vatten förbi och söderut mot Chioggia, kan hela bäckenet förvandlas till de bördigaste trädgårdar, som aldrig behöver torka då de kan bevattnas med särskilda ledningar från Brenta och Po. Över dessa grönskande marker kommer de nuvarande öarna att sticka upp som Roms sju kullar. På min tredje bild visar jag slutresultatet: se, ärade åhörare, hur San Marco-Rialto förvandlats till en modern stadskärna med utlöpare i form av breda vägar till de andra större öarna. Oberoende av väder och vind, hög- eller lågvatten, kan folk färdas i snabba vagnar mellan kullarna. Och: de penningstarka behöver inte längre investera i Vicenzas vingårdar, Venetos fält eller Udines skog. Kapitalet kan behållas *här*.

Arkitekten fick applåder av majoriteten närvarande utom Ricci som låtsades anteckna för att slippa att öppet ta ställning. Den stammande läkaren begärde genast ordet och bad att få å det kraftigaste stödja arkitekt Besta. Ur medicinsk synpunkt vore det ytterst angeläget att bli av med vattnet som inte bara, då främst sommartid, blev starkt förorenat vilket i sin tur alstrade giftiga ångor varav ett resultat var pesten, som vi dock numera inte behövde frukta lika mycket

118

som rödsoten. Vidare resulterade vattnet vintertid i så mycken kall fukt att man med fog kunde påstå att Venedig hade den största frekvensen åkommor i lungorna.

Läkarens inlägg resulterade i flera nickanden och bifall. Herr Ricci själv tog nu till orda:

– Medlemmar och sympatisörer, jag tror inte man skall låta förleda sig att ta herr Bestas förslag alltför bokstavligt. Låt oss i stället se det som en vacker metafor för en annan konstitution än den nuvarande. I så fall framstår förslaget som ytterligt effektivt, rätlinjigt och rationellt, med andra ord som ritningen till en total centralstyrning. Jag vet att många här som är matematiskt lagda gärna skulle se en sådan utveckling: centralism står för rationalitet och demokrati i en vacker förening. Förslaget kan mycket väl förenas med allmän rösträtt. Att det går att förena med god hygien har vi redan fått veta av doktor Querini, att det går att förena med ett effektivt försvar torde stå klart för vem som helst med någon insikt i landkrigföring. Ändå, mina herrar, gör det mig djupt bedrövad. Inte i första hand för att vår gamla stad skulle försvinna, den uppfördes en gång efter andra premisser än de moderna, men då förslaget förutsätter att människan är god.

– Förutsätter inte alla demokratiska reformer att människan är god?

– Kanske. Men denna gigantiska centralistiska stadsbildning kan i högre grad än någon annan reform förvandlas till, ursäkta metaforen, stegel och hjul av kolossalformat. Nämligen om människan visar sig vara mindre god än vi lär oss hos Rousseau.

Riccis inlägg väckte förvirring. Vad var det man diskuterade – stadsplanering, politik eller filosofi? Till slut samlade man sig i en attack mot arkitekt Besta: menade han vad han sade eller sysslade han med metaforik? Församlingen var på väg att upplösas under hårda ord, då Enrico Besta efter att ha pressats erkände att han utarbetat föredraget i samråd med herr Ricci för att stimulera till en samhällsfilosofisk diskussion. Manipulation! ropade någon. Studentikost! fräste en annan. Reaktionärt! skrek en tredje. I sluttumultet insåg jag att jag i det ärende som fört mig dit – sökandet efter ett arbete – inte hade någon utsikt att lyckas.

Lika fattig som förut begav jag mig hem till min utkylda kammare och satte mig att bläddra i handlingarna om Magdalenus. Skulle jag bränna dem? Skulle jag försöka nå kontakt med Bellincion Berti? Till det saknade jag erforderliga medel. En resa till Garda mitt i vintern var dessutom inte riskfri. Skulle jag i stället överlämna pappren till den som frågat efter dem, Calogero Dandolo? Men hur skulle jag i så fall kunna förklara att dessa statspapper befann sig i min ägo – och att jag nekat till all kännedom om dem? Jag bestämde mig för att gömma dem hoprullade i en av bjälkarna i taket, som jag urholkat med kniv redan som tioåring. Jag lovade också mig själv att snarast försöka leta reda på Magdalenus. Jag ville inte tro att man låtit honom försvinna genom någon fallucka i Arsenalen.

Innan jag gick till sängs gjorde jag om renskrivningen av markisinnans journal. Genom att skriva så vackert jag kunde ville jag väcka hennes gunst och få henne att inse mina företräden som man, inte som sekreterare. En befängd tanke; skönskriften skulle bara förstärka hennes förtroende för min penna.

Prokuristen Wulff fyllde den tionde januari sjuttio år och ville som vanligt fira födelsedagen med att bjuda sina tre söner på bordell. Men ingen av sönerna befann sig för tillfället i staden: den äldste, bankirassistent, var i Schweiz, mellansonen, kassaförvaltare i Flottan, befann sig på Korfu och den yngste, inkasserare, hade inte längre någon dragning till det täcka könet utan hade börjat visa sig öppet i Florians snobbränna. Prokuristen inviterade i stället mig, herr Balabanoff och sin bror, vedhandlare på Giudecca. Min mor som var missnöjd med att jag tackat ja, då hon inte ansåg att ungkarlar hade på bordell att göra, lovade dock att hålla madame Wulff, sängliggande sedan flera år, sällskap.

Vi begav oss till Mama Rosa som drev ett litet familjeetablissemang, känt för sitt goda kök, i San Polo. Som vanligt stretade jag på och var steget före; det hör till mina särdrag att jag vill vara först in och först ut. Jag blev stående mitt på det vidsträckta Campo San Polo och inväntade mina följeslagare: den hjulbente sjuttioåringen i sina alldeles för vida vita strumpor och den långa käppen i bägge händer som en gondoljär, herr Balabanoff som bar sin stora kroppshydda lätt bakåtlutad och något knäande som om han haft en stol fastsurrad runt rygg och säte – och slutligen den långe och mycket elegante vedhandlaren med sitt snett framskjutna huvud och handen pressad mot hattkullen, som om han gått i motvind. Faktum var att det inte blåste alls.

Mama Rosa, som var varskodd, bad oss direkt slå oss ner vid middagsbordet och spisa med familjen och de tre flickorna. Herr Rosa, som han allmänt kallades, var en liten råttlik karl som omedelbart satte igång att klaga över vedpriserna.

Vedhandlare Wulff blev givetvis inte svaret skyldig:

– Min bäste herre, låt mig påminna om att Venedig är en anomali, ett överbefolkat stenbrott utan vare sig ved, ris eller koskit att elda med. Man samlar visserligen tång och sjögräs, men det räcker ingenstans. Precis som alla andra dagligvaror måste följaktligen veden forslas hit. Transporter betyder mellanhänder och mellanhänder betyder höga priser.

– Men ni, herr Wulff, begagnar er så vitt jag förstår inte av några mellanhänder? sade herr Rosa.

Detta väckte flickornas munterhet, då det var allmänt bekant att vedhandlaren fick sin ved genom att hugga upp gamla vrak som han köpte för en spottstyver från skeppskyrkogården på Giudecca. Och att han trots att han inte behövde betala för transporter från fastlandet höll samma höga priser som konkurrenterna.

– Det är Murano som driver upp priserna, sade jag för att skjuta skulden på någon icke närvarande. Glasbruken gör av med lika mycket ved som hela befolkningen i övrigt. Jag vet vad jag talar om för jag har syster och svåger i branschen.

– När skall ni gifta er, Ciacco? frågade den yngsta av flickorna, Lucia, vilket fick de bägge andra att bli högröda av tillbakapressat skratt.

– Ni borde verkligen gifta er, sade Mama Rosa och lade sin ringprydda hand på min. Så vi får se er här litet oftare!

För att byta samtalsämne och då jag lagt märke till att herr Balabanoff blivit alltmer melankolisk, eftersom ingen uppmärksammade honom, kastade jag fram frågan hur man roade sig hemma i S:t Petersburg. Men ryssen ansåg tydligen inte bränslefrågan slutbehandlad, för han sade:

– Enligt min ringa mening, i egenskap av tillrest observatör, kan man skylla de höga bränslepriserna på judarna. Ingenstans eldas det så flitigt som i ghettot. Vilket kanske inte är så förvånande då judarna som orientaler helt säkert är mera frusna än vi européer. Men lika fullt är det ett observandum, slog han fast och klippte gaffelskaftet i bordet med sådant eftertryck att det blev ett märke. Ett märke som han sedan satt och gned med salivfuktat pekfinger, som för att få det att läka.

Judefrågan var ett av herr Balabanoffs favoritämnen. Han ansåg sig inte vara någon judehatare utan var endast – som han uttryckte det – en av kristenhetens många objektiva observatörer av israeliternas förehavanden i Europa. Redan när han kom till oss första gången hade han förhört sig huruvida det bodde någon jude i fastigheten. I sin egenskap av observatör ansåg han sig inte kunna bo alltför tätt inpå dem han ville observera, då det kunde skada objektiviteten.

Efter kaffet blev det dags att fördela flickorna. Vedhandlaren, som var både äldst och dessutom bror till födelsedagsbarnet, fick bestämma först. Prokuristen själv var inte längre aktiv utan nöjde sig med att titta på. Vedhandlaren reste sig och bjöd galant den yngsta, Lucia, armen. Det grämde mig för jag hade gärna valt henne; jag ville inte ha en som var alltför erfaren och hade för mycket att jämföra med. Lucia var också missräknad. Jag märkte att hon sett med värme på herr Balabanoffs svällande torso. Själv valde ryssen Gretchen, en lång mager flicka som verkade litet förmer än de andra och om vilken det sades att hon kunde läsa. Återstod åt mig Stjärna som nu varit i huset sju år och som samlade till sin hemgift. Till sist skulle herr Wulff välja vem han skulle titta på och som väntat valde han mig och Stjärna.

Vi begav oss alla tre uppför trappan. Först prokuristen i armkrok med Stjärna och sedan jag efter. Vi fick det största rummet eftersom det var det enda med tittskåp. Tittskåpet var egentligen en vanlig garderob med ett litet hål borrat i dörren. Intill hålet hängde en kork i ett snöre; korken kunde användas för att plugga igen hålet. Prokuristen var så and-

123

fådd efter måltiden och trappan att vi fick hjälpa honom av med rocken och sedan lyfta in honom i garderoben och placera honom i stolen där. Stjärna erbjöd honom ett glas vatten mot hans rosslande andning, men han ville inte ha, varför vi som överenskommet låste in honom.

Sedan Stjärna, lika noga med hygienen som alltid, tvättat mig klev hon ur klänningen och gled snabbt ner under bolstret. Jag klädde också av mig, noga med att hela tiden vända ryggen mot garderoben, och steg i sängen. Stjärna rörde mig inte och jag antar att hon ville ge mig tillfälle att först lätta mitt hjärta. Jag hade varit med henne förut, faktiskt var hon den första kvinna jag någonsin legat med. Hon visste därför att jag tillhörde dem som ville anförtro sig före och inte efter. Men eftersom vi hade en åhörare kände jag ingen lust att prata.

Jag lade handen på hennes vänstra bröst, men hon flyttade min hand och makade den under bröstet så att jag kunde känna hennes hjärta slå. Så låg vi länge och jag tänkte på Marina Balducci, det namn jag alltid använde på markisinnan i min fantasi. Varför var jag så förhäxad av henne? Hon var säkert femton år äldre, hennes utseende var på väg att lösas upp och hon hade ägt mer än tusen män om man fick tro hennes dagbok. Ändå var hon den enda kvinna jag verkligen ville ha, om jag så skulle tvingas vänta tills hon körde Jacopo ur sängen. Den officielle älskaren, Zeno, hade hon dock inget förhållande med. Tvärtom, han var homofil, men hon ansåg att homosexuella män var oss andra långt överlägsna då det gällde takt och ton.

– Varför så tyst, Lilla gris? viskade Stjärna.

Trots sin höga ålder måtte prokuristen Wulff ha en utmärkt hörsel, för vi hörde honom harkla sig i garderoben som om han förberedde ett inlägg i konversationen. Jag beslöt att det var lika bra att få det överstökat. Jag ställde mig på knä med bolstret över huvudet, för det var mycket kallt i rummet. Under mig låg Stjärna med händerna knutna över brösten och huttrade. Hon log tillkämpat för att jag skulle skynda på. Men när jag närmade mig henne fick prokuristen den första attacken av sin eviga kanalhosta. Jag kom av mig och sjönk ihop på sidan.

Jag gjorde ytterligare ett försök men genast brast herr Wulff ut i en hostattack så förfärlig att Stjärna gömde huvudet under kudden. Jag svepte med mig bolstret och tassade fram till titthålet och frågade om vi skulle beställa upp något mot hostan. Men han svarade inte, jag antar av diskretion.

– Jag fryser ihjäl! kved Stjärna och jag störtade tillbaka till sängen och lade både mig själv och bolstret över henne. Sedan hon slutat gnissla tänder viskade jag:

– Nu eller aldrig!

Vi smekte varandra med en iver som om vi varit jagade, men just som jag skulle bestiga henne rann all kraft ur mig. Varför hostade inte prokuristen Wulff? Inte ens hans sörplande andning nådde våra öron. Vi klev ur på alla fyra, virade bolstret om oss, reste oss och smög fram och lyssnade i titthålet. Stjärna brast ut i ett paniskt fnitter, jag gav henne en örfil och låste upp garderobsdörren. Därinne satt prokuristen hopsjunken i stolen med blå läppar och händerna pressade mot skrevet. Vi slet ut honom och släpade honom till sängen. Sedan Mama Rosa kommit skyndande med ammoniak kvicknade herr Wulff emellertid till och sade sig vara mycket nöjd.

Prokuristen, vedhandlaren – sedan länge väntande vid det avdukade matbordet – och jag gjorde sedan upp och tog adjö. Vi väntade inte på ryssen, då vi väl visste att han tillhörde dem som anförtrodde sig efter akten.

Resten av vintern gick jag så gott som dagligen till markisinnan för att ta diktamen. Renskrivningen krävde oändlig möda, då jag hela tiden prövade mig fram mellan olika skönskrifter och stilarter. Åtskilliga ris papper gjorde jag av med, innan jag i stort sett var tillbaka där jag började: i en stilsort som varken var särskilt elegant eller elaborerad. Jag hade genomgått samma process som gossen vilken söker sig en namnteckning och som till slut inser att första versionen är den ärligaste. Hur som helst var min kammare översållad av Marina Balduccis liv och leverne i snabbskrift. Den enda fria fläcken på min sekretär upptogs snart av räkningar från pappershandlaren. Min mor, som själv läste med svårighet, var storligen imponerad av min flit men kunde samtidigt inte förstå varför inga pengar flöt in.

En förmiddag då jag anlände till palazzo Leofanti, var markisinnan fortfarande upptagen. Jag satte mig att vänta, livligt kurtiserad av miniatyrmålaren Tristán, vilken som vanligt utgöt sig över mina ben. Ingen kvinna hade någonsin kunnat visa sådana ben som en ynglings fulländade! Vi avbröts av negressen som kom fjompande ut ur markisinnans rum halvklädd med sitt krusiga hår som en svart gloria runt det av svett skinande ansiktet.

– Hennes Nåd ber herr Ciacco att under tiden gå en trappa upp och underhålla sig med markisen!

Herr Tristán fick ett lynnesutbrott för att han avbrutits och försvann. Negressen räckte ut tungan efter honom, vände sig sedan mot mig, slickade sig demonstrativt över sina tjocka violetta läppar, knyckte på stjärten och återvände in. Själv reste jag mig konfunderad men samtidigt nyfiken. I flera månader hade man hållit markisen gömd för mig. Varför? Jag gick försiktigt på tå uppför trappan, som om jag varit rädd att han skulle flyga iväg för mig. På nästa avsats fanns två dörrar, en som måste leda till ett rum rakt ovanför markisinnans och en bortre dörr. Jag knackade på den bortre dörren och väntade. Inte ett ljud. Jag knackade igen, väntade och kände slutligen på handtaget. Dörren var låst. När jag knackade på den andra dörren hördes heller inte ett ljud. Efter att ha knackat ännu en gång tog jag i handtaget och dörren gled upp och visade en spartanskt möblerad kammare med fältsäng, ett litet skrivbord intill mezzaninfönstret, ett klädskåp och en tvättkommod. Väggarna var vitkalkade och utan annan dekoration än ett svart krucifix över sängen.

Mitt i rummet stod en mycket vacker man som måste vara markis Leofanti. Han var något över medellängd och smärt, eller med ett bättre uttryck gracil. Det lilla välformade huvudet var täckt med en kort peruk av äkta vitt hår. Ögonen var skarpt blå och huden aningen frostnupen som på en friluftsmänniska. Näsan var rak och munnen log inbjudande, nästan grinade, med en uppsättning perfekta tänder. Han höll huvudet lätt på sned och överläppen aningen rynkad som om han inte var riktigt säker på sig själv. Han var klädd i enkla men dyra kläder. Jag uppskattade hans ålder till mellan femtio och sextio.

Jag bugade lätt och sade mitt namn. Konstigt nog besvarade han inte presentationen; han bara grinade uppskattande och nervöst och räckte fram handen. Jag tyckte inte jag kunde kyssa den utan tog honom i handen som en jämlike. Hans handslag var fast. Han drog mig till sig och stirrade på mig med sina små vädjande blå ögon under rynkad panna. Jag kunde inte bedöma om han ville sluka mig eller om han var rädd för en örfil. Till slut släppte han min hand och vi blev stående mitt emot varandra.

– Hennes Nåd har dessvärre inte tid ge diktamen för ögonblicket, så hon bad mig uppvakta er, herr markis... Men jag kanske stör?

Inget svar, leendet blev bara än mer ansträngt så att jag befarade att han vilket ögonblick som helst kunde falla i gråt. Vilket han också gjorde: ljudlöst trillade tårarna längs hans perfekta näsa och ner i de ovala veck som omgav hans mun och som var lika markerade som på en markatta. Slutligen samlades tårarna i skåran på hans kluvna haka. Jag stod helt handfallen och visste inte vad jag skulle ta mig till med denne leende, gråtande och helt stumme markis.

Jag var nära att själv brista i gråt när jag hörde trappan utanför knarra. Det var husets uråldrige hovmästare Benedetto som utan vidare klev på och stängde dörren om sig. Den gamle haltade fram till markisen, tog hans händer och ledde honom till den smala sängen, där markisen genast lade sig lydigt som ett barn, med raka ben och händerna utefter sidorna.

– Han förstår allt men kan inget säja själv.

Jag blev upprörd av att höra en tjänsteande omtala markisen som "han" i närvaro av den omtalade själv och en främling som jag. Ännu mer förvånad blev jag när Benedetto satte sig vid skrivbordet och bläddrade bland markisens papper.

– Se här: klotter, klotter, klotter...

Han visade. Markisen kunde alltså varken tala eller skriva.

– Så har den stackaren varit i snart fem år nu. Men jag förstår inte vilka hemska synder han har begått för att drabbas av detta. Jag har varit i hans tjänst sedan han var sju år. En vackrare adelsman har aldrig skådats på Sicilien. Intelligent, rik, en kvinnornas man förstås. Hans enda svaga punkt, han skulle aldrig ha släppt den där...

Hovmästaren tystnade och såg förstulet i golvet. Så reste han sig, stultade bort till sängen och klappade markisen på kinden:

– Slutat gråta nu? Då får han stiga upp!

Markisen klev genast upp och ställde sig som förut mitt i rummet och log välvilligt mot mig och sträckte fram handen. Jag tog den inte utan backade mot dörren med en lätt bugning. Markisens tillstånd gjorde mig synnerligen upprörd: att uppfatta allt, att ha sitt fulla förstånd i behåll men inte kunna meddela sig med omgivningen. Det fanns kretsar som undanhållits Dante.

Hovmästaren klev fram och tog mig i ärmen.

– En gång om året tillåter hon honom att gå i kyrkan. Ut får han annars bara gå när han skickas till ridotton för att spela hem pengar. Inte sedan han insjuknade har en riktig läkare fått undersöka honom. Tristán vaktar honom som om han vore en diamant. Men ni, herr Ciacco, kunde ni inte i hemlighet få hit en riktig läkare?

– Jag antar att det kostar pengar.

– Han har inte ett öre! Fast han spelar hem den ena börsen efter den andra åt dem därnere. Inget får han behålla.

– Men nog kunde man kosta på honom en läkare...?

– Fattar ni inte, herr Ciacco? Blir han frisk kastar han ut hela patrasket, förhoppningsvis också sångerskan själv!

Jag visste inte hur jag skulle göra. Där stod jag och riskerade dras in i något som riktades mot den kvinna som förhäxat mig, ja som jag älskade högre än min mor. För att vinna tid skyllde jag på det ekonomiska:

– *Jag* har inga pengar.

– Men jag, sade hovmästaren. Litet har man lyckats stoppa undan. Skaffar ni en läkare om jag ordnar pengarna?

Den officiella fastan hade ännu inte kommit igång, men barnen hade redan börjat hålla karneval. De sprang runt i gränden med påsar över huvudet och drog käppar utefter de skrovliga fasaderna så att det knattrade och gnisslade. Det kallades Fattigmans fyrverkeri. Jag svor efter dem då min systers födslovåndor just börjat och hon behövde lugn och ro. Min systers ankomst – hon hade också sin svärmor med sig – föranledde stora ingrepp i vår vardag. Min mor flyttade ur sitt rum, husets varmaste, för att lämna plats åt barnaföderskan. Herr Balabanoff fick lämna sitt åt min mor. Kokerskan och hjälpfrun åkte upp på vinden och min systers svärmor flyttade in i skrubben bakom köket. Herr Balabanoff i sin tur hade lovats få min kammare, men jag vägrade styvnackat att lämna den hänvisande till att jag hade mitt arbete att sköta. Ryssen satt nu och tjurade i herrskapet Wulffs del av fastigheten och lät inte tala med sig förrän han utlovats få kvarstanna i vår mathållning. Wulffs var allmänt kända för att leva på välling.

På natten födde min syster en dotter och jag skickades till Murano för att hämta hennes make och svärfar. Nästa förmiddag var jag helt förbi av trötthet, vilket hade till följd att jag satt och somnade mitt under diktamen hos markisinnan. Jag vaknade av att jag låg med kinden mot hennes täcke. Hon drog mig sakta i örat och sade:

– Synd att man inte kan älska med en penna.

När jag var på utväg från palazzo Leofanti föste gamle Benedetto in mig i skafferiet och räknade darrande upp en och en halv dukat i småmynt. Han hade börsen gömd i en burk rosenbladsmarmelad.

– Kan vi inte vänta tills i morgon!

– I morgon kan jag vara död, i morgon kan markisen ha hoppat ut genom fönstret, eller också har Guds straffande ängel drabbat detta förbannelsens hus med eld och svärd! Jag gick först till doktor Serpotta i San Pantaleone. Han var på sjukbesök och jag anmodades vänta i takpergolan, då hela huset var upp och nervänt på grund av vårstädning. Där satt jag och somnade i marssolen och vaknade uppvaktad av ett helt hov katter. Minst ett dussin av dem satt i en halvcirkel framför bänken, gjorde grimaser i solen eller slickade framtassarna. Skamsen dröp jag iväg då det inte finns något så förnedrande som att dyrkas av dessa skabbiga djur som annars är så njugga med sin kärlek.

I stället gick jag till en känd societetsläkare i San Bartolomeo, doktor Landriani. Där blev jag ytterligt kärvt bemött av doktorns sekreterare och avkrävdes betalning i förskott. Jag vägrade men garanterade att full betalning skulle utgå så fort doktorn besökt patienten. Sekreteraren försvann, uppenbarligen för att rådgöra med sin chef, och jag slog mig ner i väntrummet som var fullt med medelålders damer, som alla försökte överträffa varandra i att förtala den läkare de satt och väntade på. Jag fick mig till livs att Landriani var erotoman, opiumrökare och tjänade så mycket pengar att han var god för lika mycket som en senator. När sekreteraren återvände var de alla ögonblickligen halvvägs upp ur sina stolar i ivern att komma först in till undersökningsrummet.

Sedan jag fått veta att doktor Landriani av princip inte företog några hembesök, då hans medicinska instrumentarium var alltför omfattande att tas från mottagningen och då han inte ville utsätta sina patienter för en diagnos ställd med ofullständiga hjälpmedel, begav jag mig till doktor Querini, som jag kände till från Spadaria.

131

Querini, som kände igen mig, tog mycket vänligt emot mig. Han visade mig in i sitt bibliotek som var så fullt att han till och med förvarade böcker under golvet. De låg packade mellan bjälkarna och man kunde vandra över de liggande hyllorna på ett system av smala plankspångar. Hans stamning gjorde mig generad och jag var gång på gång på väg att hjälpa honom på traven med det ord han med så stor ansträngning försökte få över sina läppar.

Jag lyckades få initiativet i samtalet och redogjorde helt öppet för markis Leofantis identitet och sjukdomshistoria. Doktorn hörde på ytterst uppmärksamt, gjorde ett par korta anteckningar i ett block och påbörjade sedan en föreläsning om det allmänna hälsotillståndet i Venedig. Han hade mycket av intresse att berätta. Efter ett par timmar blev jag irriterad:

– Men snälla doktorn, jag kom hit för att diskutera en enda mans hälsa, inte en hel stads.

Querini såg förundrad på mig, som om han först nu förstått mitt ärende. Ivern i hans ansikte slocknade och han föste mig tämligen brutalt ut ur sitt bibliotek, eller snarare ur sin kasun av böcker.

– Jag beklagar om jag upptagit er tid... Ni är den tredje läkare jag försöker komma till tals med idag. Ge mig ett namn!

– Grünewald.

Jag borde naturligtvis genast ha begivit mig till ghettot. De judiska läkarna hade det bästa anseendet i staden även om de ständigt förtalades av fakulteten i Padua. Det var redan mörkt och ghettots många små butiker och verkstäder höll på att slå igen, vilket i många fall betydde att man flyttade in sitt sortiment, sin svarv eller sina läster från gatan. Här hade alla sin gata: möbelsnickarna var samlade på en, slaktarna på en annan; så följde boktryckarna, klädeshandlarna, bagarna, glassliparna och läkarna. Men doktor Grünewald var ett undantag i det han hade sitt hus i änden av förtennarnas gränd. Doktorn satt med sin stora familj vid kvällsvarden när pigan visade mig in. För att vara så pass gammal – jag gissade uppemot sjuttio men jag kan ha lurats av hans vita skägg – hade han små barn. Fem söner, alla liksom sin far iförda svart kalott, satt i storleksordning längs det höga smala bordet. Hustrun och två döttrar höll på att sätta fram maten. Jag bad om ursäkt för den olämpliga tidpunkten, men doktorn lämnade genast matbordet utan tillstymmelse till missnöje. Han bad mig följa med in i mottagningen, förmodligen husets största rum, prytt med bokhyllor och på en bänk vid fönstret retortrar, ställ med provrör, breda bruna glasflaskor och ett svartnat kranium utan underkäke. Han slog sig ner i den högryggade stolen vid det enorma, ostädade skrivbordet och jag ombads sätta mig på en höj- och sänkbar pall vid bordets kortände. Han tog av sig kalotten, masserade sin kala hjässa som bar spår av klåda, och sade:

– Eftersom ni uppsökt mig vid denna timme utgår jag från att ert ärende är angeläget?

Jag började berätta så som jag noga instruerats av Benedetto: markisen hade fram till sitt femtionde år varit frisk som en nötkärna, tagit dagliga ridturer, legat veckovis på vildsvinsjakt, någon enstaka gång klagat över huvudvärk, men i övrigt inte stannat till sängs en dag efter påssjukan som han drabbats av i tjugoårsåldern och som förmodligen var orsaken till hans barnlöshet. Av politiska skäl, här hade Bernadetto varit hastig och förstulen i sin berättelse, hade familjen lämnat Sicilien för Venedig, där man genom arv också hade egendom. Två veckor efter ankomsten hade markisen fallit ihop över frukostbordet och förblivit medvetslös hela dagen och påföljande natt. Dagen därpå hade han kunnat lämna sängen och var efter en vecka kroppsligen helt återställd, men oförmögen att tala och skriva.

– Jag skulle vara er ytterst tacksam, herr doktor, om ni ville följa med mig och undersöka markisen. Helst nu.

– Nu?

– Det måste dessvärre ske i hemlighet. Vilket är lättare om kvällen, särskilt i inledningen av karnevalen.

– Klandra mig inte. Vi judar får som bekant inte lämna ghettot efter mörkrets inbrott.

Hur skulle jag kunna klandra honom? Även om judarna i Venedig hade en säkrare ställning än i någon stad på fastlandet, kunde markisinnan självklart via någon av sina många förbindelser skada honom.

– Men jag tror inte det gör varken från eller till om jag undersöker. Sade ni att han inte har någon förlamning som hindrar honom? Inte ens i ansiktet, är anletsdragen till exempel symmetriska?

– Fullständigt.

– Och tillståndet har varit stationärt i snart fem år?

– Så säjer de som sett honom dagligen.

– Då kan jag inte ge er annat hopp än att markisen knappast står inför någon gradvis försämring. Hade han haft en växt i huvudet skulle andra symtom ha tillkommit. Syfilis är det inte. Skulle möjligen kunnat vara en degeneration men det förefaller föga troligt. Förgiftning tror jag inte på. Återstår en liten blödning.

– Men hur kan det förstöra talet... och skriften... enbart?

– Den mänskliga hjärnan är som en väldig outforskad klippö. Vi känner de latinska namnen på alla dess fåror och prång. Men om vad som händer därunder vet vi platt intet. Litteraturen känner många parallellfall till markisen. Ibland återvänder talet. Men har det gått fem år skall ni inte hoppas.

Jag lämnade doktor Grünewald, som inte ville ha betalt, och strövade bedrövad hemåt. Kanske också något lättad, om jag skall vara helt ärlig; mitt agerande var nu inget hot mot markisinnan. På Rialtobron hade även några vuxna nu anlagt mask. En liten herre insvept i svart domino tryckte en lapp i min hand innan hans vita mask försvann i vimlet. Jag ställde mig under lyktan vid brofästet och vecklade upp lappen: *Sök honom bland de ringaste!*

Var skulle jag söka Magdalenus? Det fanns många usla, fattiga och plågade människor i Venedig. Det fanns till exempel galärslavarna, i allmänhet krigsfångar eller rymlingar. I århundraden hade vår stad berömt sig av att endast bemanna sina skepp med egna, fria män. Det finns de som påstår att republiken började stagnera i samma ögonblick hon kedjade sina roddare vid bänken. För länge sedan var roddarens syssla hedervärd och krävde stor vana och yrkesskicklighet. Varje roddare hade i gamla tider sin egen åra. Först satt man två på varje bänk, senare tre. När så Arsenalen började bygga ännu större skepp och gjorde årorna längre och tyngre fick flera man samsas om samma åra. Då räckte det med en vid varje åra som kunde hålla takten. De resterande hade bara att ge av sin muskelkraft och reducerades till maskiner av kött. I stället för yrkesstoltheten rådde nu piskan. Men inte ens den flersvansade katten kunde längre upprätthålla Venedigs makt på haven. De stora segelfartygen hade börjat dyka upp som väldiga cumulusmoln vid horisonten för att med sina hundra kanoner rulla fram över Medelhavet. Venedig har alltid haft sin styrka i det snabba sticket och riposten. Tyngden har hon saknat.

Eller skulle jag söka honom bland invaliderna? De halta och ryggbräckta, broskögda eller epileptiska, de stympade, de malätna eller de galna? En stat som inte varit i krig på åttio år borde inte ha särskilt många rådbråkade eller sönderskjutna. Ändå fanns de, inte på Piazettan eller på Rialtobron, men vid de halvt nerrasade kajerna bakom ghettot, i

San Niccolo eller bland vraken och bråten på Giudecca. Krigen hade inte placerat dem där, det hade i stället ett exploderande tjärkok i Arsenalen, ett fall från masten ner i bassängen, en fot mellan skepp och kaj, en salutkanons rekyl eller alltför många bördor sten. De som inte hade licens att tigga framför någon kyrka fick slåss med måsarna nedanför fiskmarknadens utsläpp.

Fanns Magdalenus bland eldarna och bälgtramparna på Murano, de små sotiga och ryggsneda på ugnarnas bak- eller undersida, som aldrig visade sig i själva hyttan? De som skulle ha gett tio år av sitt liv för att få komma fram i ljuset och förses med blåsrör, skinnförklä, vattenspann och träskovel? Eller kunde han sökas i väverierna bland knattrande pinnar och dunkande stockar, i dammet som klibbade i ögon och lungor. Eller i det stora slakteriet, trängd mellan vettskrämda kor och trampad av klövar, rispad av horn och med händerna fulla av skärsår från de egna verktygen?

Men det finns de som är ringare än de ringa, som inte kommit undan med en krossad hand eller ett avslitet ben utan fått stora klyftor skurna ur sitt förstånd eller drabbats av demoner. Länge hade stadens galna kunnat räkna med fristad i något av de många klostren, men när Kyrkans inkomster sjönk samtidigt som myndigheterna började koncentrera sjukvården från Lazzaretto till Scuola di San Marco, började man placera dem på pråmar. Samma pråmar som jag tillsammans med min far beskådat från kampanilen på San Giorgio Maggiore Kristi Himmelsfärdsdag 1793.

Från början var det tänkt att pråmarna skulle cirkulera längs de yttre kajerna, försörjas en månad av Spirito Santo, nästa av San Alvise och så vidare. Men detta väckte ont blod då bördan blev tyngre på ytterförsamlingarna än på de ofta rikare som låg inklämda bakom trånga kanaler. I stället beslöts om en särskild dårskatt att erläggas i samma proportioner som annan församlingsskatt. De fyra pråmarna släpades till Fondamente Nuove där de blev liggande två somrar och en mellanliggande vinter innan klagomålen från alla begravningsföljen, som måste passera på väg från San Marco till San Michele, drev pråmarna ut i lagunen. I lugnt väder låg de vanligen så här års för ankar på läsidan av Lido. Men vid hotande storm eller exceptionellt högvatten måste pråmarna bogseras i skydd av San Giorgio eller Sacca Fisola.

Den morgon i mars då jag insåg att jag måste söka Magdalenus på pråmarna, hade dessa veckan innan flyttats ut från sin vinterhamn vid San Giorgio till det öppna vattnet mellan Giudecca och Malamocco. Jag lånade pengar av min svåger, som just var på väg tillbaka till Murano efter dopet, och hyrde en båt. Det var en disig och varm dag, på avstånd kunde man inte skilja de sammangyttrade pråmarna från småöarna och Poveglia. Jag anlände mitt i middagsvilan. På håll kunde inga andra oljud uppfattas än de som lika gärna kunde alstras av kvittrande ankarkättingar eller gnisslande sjöfågel. Runt pråmarna hade redan bildats en tät gröt med stinkande avfall och roddaren vägrade lägga till utan löfte om en extra slant, då han påstod att han måste skrubba gondolen med het såpa efteråt.

Vakten sov och vår ankomst till den murkna pontonen vid den största pråmen bevittnades bara av en dreglande kvinna med så litet huvud att hon lyckats få ut det genom en uppslagen ventil. Där hängde hon och log saligt mot solen och hela världen. Roddaren vägrade stiga ur båten och jag klev ensam upp på pontonen, där en klocka stod i ett träkar uppenbarligen avsedd för besökare som ville annonsera sin ankomst. Jag klämtade med klockan och fick som svar en räcka de förfärligaste kötteder från en osynlig inhysing. Jag klämtade en andra gång och hälsades av ett gapskratt som steg upp i diskanten, kiknade och sprack. Först vid tredje signalen uppenbarade sig en väldig man vid relingen och fordrade bryskt besked om jag kommit för att hämta eller lämna. Sedan jag redogjort för mitt ärende lät han mig dock klättra uppför lejdaren. Han mötte mig på däck bredbent iförd ett par trasiga sjömansbyxor, officersrock med avslitna galoner utan skjorta under och en lång träbatong som han prövande kavlade mellan sina skinkhalvor till händer. I dörröppningen bakom ryggen på honom dök en kärring upp med bahytt och pipa.

– Här slipper ingen ombord utan papper!

– Jag kommer för att befria er från en av era patienter.

– Herrn kan ta hela bunten. Men det måste finnas papper!

Eftersom jag naturligtvis saknade något som helst officiellt papper visade jag honom i stället glimten av ett mynt och bad att få se liggaren. Den väldige röt åt kärringen att komma med liggaren, som dock inte innehöll några namn utan bara nummer och inskrivningsdatum. Jag fick förklarat att jämna nummer var män och ojämna kvinnor. Namn hade ingen tid att hålla reda på; omsättningen var stor särskilt när det var kallt eller någon feber eller magsot grasserade. För övrigt kunde tosingarna själva inte hålla reda på sina namn, ena dagen hette de Alexander den Store, Potifar eller Herren Kristus själv.

– Finns här någon som påstår sig vara Kristus?

– Inte för ögonblicket. Men det kommer alltid en eller två vid påsk.

Jag bad att få se de intagna, vilket beviljades sedan den väldige konsulterat den piprökande kärringen. Första minuterna kunde jag inte se något, inte på grund av halvmörkret utan därför att jag var så äcklad. Så småningom gick det bättre. På bägge sidor om mittgången fanns större och mindre kättar som inrymde allt från ett par upp till ett halvdussin personer. Det var förvånansvärt lugnt. De flesta låg hopkrupna på durken eller satt på huk i ett hörn. En stod och

139

skavde nacken mot en bjälke och en annan stod i en egendomligt förskruvad balettpose stel som om han varit gjuten.

En smutsig hand for ut och grep mig i axeln, men genast var vakten där och klappade till handleden med batongen så att handen illa kvickt försvann. Förutom hostningar och harklingar lät de som om jag befunnit mig i en torrsump full med knäppande och prasslande skaldjur.

– På undervåningen har jag de bråkiga. Är det en bråkig herrn söker?

Han välte tjänstvilligt upp en stor lucka och bad mig klättra ner.

Jag hade inte mer än hunnit halvvägs ner i det närmast totala mörkret när dårarna där nere stämde upp ett vilddjursvrål som fick mig att hastigt hoppa upp igen.

– Jag kan spola dem lugna, om herrn nödvändigtvis vill dit ner?

Han visade på pump och en rulle slang, men jag avböjde.

– Har ni ingen avdelning för de mera saktmodiga?

– Herrn har då krav... men han kanske menar Flaggskeppet?

För att nå det han kallade Flaggskeppet måste vi först ta oss över en pråm som inrymde bostad och förråd samt en som han erbjöd sig visa mot särskild ersättning:

– Herrn ångrar det inte! På den tiden vi ännu fick ligga vid kaj höll jag öppet för allmänheten varje söndag efter mässan. En soldi för vuxna, gratis för barn i föräldrars sällskap. Bättre kan herrn inte använda en soldi!

– Nej tack.

– Inte det? Då bjuder jag, var så god. Gratis! Måste ändå nerom och öppna ett par luckor. Blir varmt som i en blykammare där nere när solen står på.

Jag följde med under däck mest för att göra honom till viljes, eftersom han syntes mig så angelägen. Det luktade som i en svingård och ljuden var ungefär de samma: djupa suckar, gnisslande käkar, någon som ljudligt släppte väder, stamp som i spiltor, en kropp som trött dråsade i golvet, rassel och kling från kedjor.

Sedan vakten stött upp takluckan kunde jag också se: här fanns inga galler eller avbalkningar, omkring ett dussin egendomliga gestalter satt eller låg alla försedda med fotbojor men i övrigt fria att röra sig över durken. De flesta var kroppsligt vanställda som om de varit tillverkade i lera, tappats i golvet före bränningen och sedan stelnat i sin krumhet. Ett par puckelryggar. En kvinna med väldig bål, stort välformat huvud men med händer och fötter utsprungna direkt från bålen utan mellanliggande armar eller ben. En gosse med vattenhuvud satt uppkörd i ett hörn och stödde sin väldiga, ådrade pumpalika skalle med små spinkiga armar och knän. En reslig, välbyggd man – för övrigt den enda som stod upp – verkade fullt utvecklad men saknade hals och hade ett ansikte snett och tillplattat som på en spätta.

– Här ska herrn se... sade vakten och slog upp en andra, mindre taklucka.

Mellan ett par torra helt nötta träd som spikats fast satt en egendomlig smutsgrå figur med långt blont hår och plockade bland testarna.

– Res dig och hälsa på herrn!

Figuren reste sig på ostadiga ben. Den var på pricken lik en orangutanghona med platta pattar, rund barnmage och en spindellik onaturligt lång arm som sträcktes mot mig. Figuren saknade all kroppsbehåring utom några glesa strån kring blygden och i armhålorna. Den människolika huden var skorvig och blekdaskig som på en rotfrukt. Jag tog den beniga handen i min och figuren sade med skrällig papegojröst:

– Herren signe ers nåd!

Häpen ryckte jag åt mig handen och tog ett steg bakåt. Vakten skrattade hjärtligt:

141

– Jag brukar ta en halv soldi för att folk skall få skaka hennes hand!

– Är det en människa eller ett djur?!

– Inget eller bådadera beroende på hur man räknar. Hon är gammal nu, säkert bortåt de femtio, fanns här långt före min tid. Har herrn aldrig hört talas om vad munkarna hade för sig på San Giorgio? Det var när Kyrkan inte kunde bestämma sig om man skulle gå emot slaveriet. Nå, det är herrn för ung att minnas, men några menade att om slavar skulle behandlas som fullvärdiga, var skulle gränsen då dras? Vad skulle till exempel bli med de stora aporna? Inte för inte kallas de ju människoapor. Att slavar kan para sig med fria medborgare är inte precis en nyhet. Munkarna gick ett steg till och parade en slav med en orangutang. Men det var ett blindspår, hon här har aldrig fått några egna ungar varken ihop med apa eller människa. Det senare kan jag gå i god för. Ni vet inte hur många som har slagit vad med mig och sedan förlorat! Dumt av mig att avslöja förstås, annars hade herrn kanske velat pröva lyckan?

I Flaggskeppet förvarades de hjon för vilka extra betalning utgick. Skrovet härstammade säkert från ett gammalt avmastat handelsfartyg, då det hade andra linjer än pråmarna. På däck stod ett par badkar med låsanordningar, en svängstol och en gunga som förevisades med en blandning av stolthet och vördnad. Mot särskild betalning kunde herrskapet – han kallade de betalande hjonen så – få åtnjuta växelbad, rotationsterapi eller gungas till ro.

– Vi har tre adelsmän här. Visserligen utan titlar men en lär ha rätt kalla sig baron utomlands. Mal francese har de alla tre.

Vi klev under däck och där rådde en viss renlighet, det fanns en särskild latrin och möjlighet att låna handfat. Varje patient satt i egen cell med titthål. I cellen längst akterut på babords sida satt Magdalenus.

– Var snäll och öppna genast!

Men vakten hesiterade, just den här patienten var det litet speciellt med. Man hade låtit honom gå ed på att patienten inte skulle släppas utan skriftlig order från en viss person.

– Vem?

– Får jag inte heller säja.

Jag beslöt ta en chans, tryckte myntet i hans näve och sade:

– Jag kommer från amiral Berti. Han har bett mig föra fången härifrån.

– För det första är patienten ingen fånge, och för det andra: papper, papper, papper...

– Jag återkommer med en skriftlig order. Jag utgår ifrån att han släpps då?!

– Nja, det finns ett aber...

Det visade sig att vakten utlovats en större summa för att hysa Magdalenus. Hälften hade erlagts vid intagningen, men resten väntade han fortfarande på.

– Det var tur herrn kom. Vilken dag som helst hade jag blivit tvungen att föra över honom till allmänna avdelningen. I Flaggskeppet kan jag inte hålla någon gratis.

– Tag och skriv, mitt vackra huvud: Svart skall med svart beväpnas.

– Skall det inte vara datum?

– Skriv: Långfredagen 1796. Gud vad påsken tråkar ut mig! Hela staden stinker dålig talg och fuktskadad rökelse. Nej, svart skall med svart beväpnas...

Sedan kom hon av sig och gled ner i sängen med truligt putade läppar. Men den nakne Jacopo lät sig inte bekomma. Han sov djupt vänd mot väggen. Markisinnan smekte honom hastigt över ryggen:

– Tycker du inte att hans rygg är ovanligt slät?

Jag svarade inte utan skrev så som jag hela tiden skrivit ner allt, stort som smått, som yttrades i denna säng.

– Skriv: Gud vad denna blanka rygg tråkar ut mig! Varför låter jag honom komma hit? Varför ligger han här nu? Varför finns det ingen man som kan förena egenskaperna hos Tristán, Zeno och Jacopo: kultur, omsorg, iver. Åh vad jag hatar min man för att han blev sjuk! Markisen förenade dem alla. Den enda plats han inte förmådde fylla var lilla Mariettas. Svart skall med svart beväpnas. Hur tror du det är att ligga med en mask?

Hon böjde sig ner – jag blundade! – och fiskade upp den svarta mask jag sett Jacopo tillverka före jul, den som bestod av en sköld med spänne och mitt på ett upprest organ lackat i glänsande svart. Hon satte ansiktet bakom masken och flinade; i nästa ögonblick kastade hon den misslynt ut i rummet så att den hamnade på sminkbordet.

– Min lilla svarta Marietta, hon har allt man kan begära av en älskare utom det viktigaste. Hon smeker mig vansinnig men allt hon har att komma med är lackerat papper... Skriv, Ciacco: På långfredagen klockan... vad är klockan?

– En kvart på tolv.

– ... gjorde jag mig av med den vackre ynglingen Jacopo. Från och med nu skall han vara för evigt utestängd från denna bädd. Jag hade hoppats kunna göra honom fulländad som en gåva till mina medsystrar. Hur många gånger har jag inte gripit honom om näsan och sagt: det räcker inte med att skumpa – får vi be om litet känsla också! Jag börjar bli gammal, jag vill ha barn. Jag hade tänkt att han och jag skulle tillverka en ny Casanova tillsammans. Min mjukhet och hans styvhet. Asch, jag som hatar barn! Även om tjänstefolket tog hand om det skulle jag känna äckel varje gång den lille skulle ge mig godnattkyssen. Barn är alldeles för pretentiösa, särskilt små gossar. En graviditet skulle kanske förstöra min röst? Du som aldrig hört mig sjunga, Ciacco... Nej inte här. Att sjunga i det här hopplösa rummet vore som att be Gluck tuta i en sprucken flöjt. Det finns förresten ingen teater i den här staden med godtagbar akustik. En sådan solstekt håla som Palermo håller sig med bättre lokaler. Men dit vill jag inte tillbaka. För mycket spanskt inflytande. Spanjorer... pfuii... hopplösa älskare: lyckas de inte ge dig orgasm får du stryk. Nej i så fall är det närmare till Operan i Milano. Tristán säjer att österrikarna tänker överge Milano men enligt Zenos åsikt har fransmännen nog med problem där hemma. Passa dig för att ta till dig en fransman, Ciacco. I det avgörande momentet hakar han upp sig på något språkfilosofiskt problem. Om du somnar under tiden utmanar han din man på duell nästa morgon. Hur är det förresten med den där gamla papegojan Tristán?

– Skulle det vara något särskilt med herr Tristán?

– Gubben föll i trappan i går kväll. Bröt inget gudskelov

145

men skar sig på cognacskaraffen.

Hon skickade iväg mig till herr Tristáns kammare för att efterhöra hans tillstånd. Han vägrade öppna, bara röt genom dörren att han för det första på grund av skada inte kunde visa sig för folk, och för det andra ombad han mig å det skarpaste att fara åt helvete.

– Då får du ta markisen till ridotton! avgjorde markisinnan sedan jag avlagt rapport. Gamle geten Benedetto vet allt om rutinerna. Tristán brukar vara med för att se att det går rätt och riktigt till med det ekonomiska. Kan man anförtro dig pengar?

– Jag vet dessvärre ingenting om spel.

– Behöver du inte heller, min gris. Benedetto sköter strategin och markisen själva satsandet. Här, tjugofem dukater! Om det inte blir minst fördubblat tar gårdskarlen ner honom i källaren och ger honom en omgång med humlestören.

– Benedetto?!

– Markisen. Jag skulle kunna slå ihjäl honom för att han inte längre är den personlighet jag inte bara gifte mig med för fem år sedan utan också utan vidare betänkande följde i landsflykt! Jacopo... min väne vän... ett sista famntag!

Medan hon skakade liv i den Jacopo som ännu inte visste om sin dom passade jag på att lämna rummet. Det var det enda jag hittills förmått vägra henne: att ta diktamen under akten. Benedetto väntade redan på markisens rum. Gubben satt på sängen och muttrade. Markisen själv stod färdigklädd mitt i rummet med sitt inställsamma leende och sin framsträckta hand. Jag hälsade kort och förklarade att jag denna dag skulle ha hand om kassan i stället för Tristán.

– Spela på den dag då Herren Kristus pinades till döds på korset... suckade den gamle hovmästaren på sängen. Hur skall jag göra? Är jag med om detta begår jag en dödssynd. Sätter jag mig upp mot min matmor begår jag en dödssynd.

Jag visade honom inget deltagande för att slippa höra vi-

146

dare litanior. I stället hängde vi på markisen hans korta spanska kappa, tabarron, försedde honom med vit halvmask – vilket fick hans grinande leende att te sig rent skrämmande – och räckte honom sedan den svarta trekantshatten. Med stor värdighet satte markisen själv hatten på sig. Jag tittade på honom med avsky och nyfikenhet: var han en människa eller en perfekt mekanisk docka?

Denna eftermiddag hade herr Tristán bestämt att markisen skulle föras inte till den vanliga spelhallen vid San Moisé utan till en nyöppnad ridotto i San Provolo. Vi tog en täckt gondol och klämde in oss alla tre i hytten som om vi varit bovar på väg att begå inbrott.

Den illegala ridotton låg i ett högst förfallet gårdshus, där buskar spirade i den spruckna putsen. Benedetto förde oss genom en hönsgård, uppför en trätrappa som hängde på fasaden och vi nådde en högt belägen magasinsport med järnskena och block ovanför. Han drog i en sträng och ett titthål öppnades. Benedetto gav mig lappen med lösenordet som herr Tristán skrivit ner och jag viskade det till det stirrande ögat i hålet.

Ridotton var inredd som ett turkiskt harem. Det ombyggda magasinet hade indelats i en rad smärre kyffen med hjälp av tunga draperier och spaljéer. I mittrummet plaskade en springbrunn. Taket hade man sänkt genom att hissa upp överdelen av ett tält. Trots den tidiga timmen var praktiskt taget alla bord besatta. Endast en spelmaskin med snurra och kula stod tom; det verkade som om de inbitna kortspelarna betraktade den som en inkräktare. Medan Benedetto haltade runt och skaffade sig överblick höll jag markisen sällskap. Jag kunde identifiera flera för mig kända personer bakom maskerna: två senatorer, den engelske lord jag för ett halvår sedan sett kasta pengar i Canal Grande och inte mindre än tre kyrkliga dignitärer, två från själva San Marco samt direktorn för ett seminarium.

Benedetto återvände, tog markisen vid armen och förde honom till ett bord med ett par äldre herrar som talade franska inbördes. Jag gav markisen sex dukater ur kassan, skrev upp och såg honom satsa. Det hade inte gått mer än en kvart förrän han vunnit arton dukater, vilket gav oss en totalkassa på trettiosju. Jag bläddrade i den lilla kassabok som herr Tristán tydligen brukade föra. Förutom plus och minus upptogs sidorna av olika symboler, säkerligen utvisande typen av spel, som jag inte kunde tyda. Eftersom Benedetto inte kunde läsa hade jag ingen nytta av honom. Markisen förstod säkert det hemliga språket men saknade möjlighet att kommunicera. Jag klottrade så gott jag kunde, huvudsaken var trots allt att siffrorna stämde.

Hur skulle jag kunna sticka undan tillräckligt för att köpa Magdalenus fri? Jag slog i tabellerna, men alla vinster gick att dela med insatsen. Min enda möjlighet var därför att stjäla motsvarande en hel eller flera hela insatser. När markisen vid nästa bord tog hem tjugo dukater på satsade fem stoppade jag fem dukater i egen ficka och redovisade bara en tredubbel vinst. Vid ett tredje bord, det med kyrkans män, vann han därefter femtio på satsade tio; jag behöll tjugo för egen del och hade sammanlagt tjugofem dukater, den största summa jag någonsin ägt.

Nu var det dags för biribissi, ett spel som myndigheterna förbjudit då det kunde ge sextiofyra gånger insatsen och ruinerat alltför många redan. Men det var för biribissins skull vi skickats hit. På Benedettos inrådan gav jag markisen halva kassan, vilken han omgående förlorade. Ännu var läget dock optimistiskt, då det hittills aldrig hänt att markisen återvänt hem med mindre än insatsen. Markisen fick hälften av det återstående – och förlorade. Jag drog Benedetto avsides och föreslog att vi skulle ägna oss åt något ofarligare än biribissi.

– Nej, viskade Benedetto. Vill Gud straffa oss för att vi spelar på långfredagen skall vi löpa linan ut...

148

Markisen fick det sista, satsade åter på biribissi – och förlorade. Återstod inget annat för mig än att återinföra mina undanstoppade tjugofem i kassaboken och ge dem till markisen. Förlust igen. Vi drog oss ur trots de andra spelarnas protester. Vad skulle vi ta oss till? Benedetto vägrade gå hem med markisen, säker på att de båda två skulle få prygel.

– Tvi, spottade Benedetto på de slantar han stoppat undan till läkararvode för markisen. Kanske var det Guds mening att den där judedoktorn skulle avstå, så att pengarna nu kunde rädda markisen från humlestören.

Vi gjorde korstecknet och lät markisen satsa den ringa summan, som betraktades med ett trött förakt av de andra spelarna. Deras spotskhet övergick i klentrogen förvirring när markisen genast klippte in maximalvinst på sextiofyra gånger en och en halv dukat, summa nittiosex.

Jag vågade inte följa med in i palazzo Leofanti vid återkomsten. Jag gav pengar och kassabok till Benedetto, bugade mig för markisen – det var han värd – och smet iväg. Till råga på alla andra uppskakande händelser denna långfredag väntade herr Mozzi på mig sällskapad av min mor, min syster och herr Balabanoff. Till min förskräckelse reste sig herr Mozzi genast upp vid mitt inträde, klev mot mig, omfamnade mig hjärtligt medan han viskade i mitt öra:

– Förträffligt, förträffligt... ni kommer att göra oss båda till miljonärer!

För att inte svimma slet jag mig och sprang upp på min kammare och kastade mig på sängen med kudden över huvudet. Min mor kom upp och sade:

– Jag förstår inte varför du hållit den snälle herr Mozzi på halster. Kunde du inte ha givit honom pappren för länge sedan?

Så fick hela den absurda händelsen sin förklaring: herr Mozzi hade kommit en sista gång för att kräva utskrifterna på Grisen i säcken och Così fan tutte. Min mor hade gått upp i mitt rum, hämtat vad hon trodde vara de begärda pappren och överlämnat dem. Direkt efter middagen hade herr Mozzi kommit tillbaka glädjestrålande och hemlighetsfull. Det han fått i sin ägo var markisinnan Leofantis intima journal.

Jag störtade ut ur rummet för att fly upp på taket. Men vägen var stängd av en svassande herr Mozzi, som väntade i trappan:

– Med er tillåtelse, cavaliere, har jag kallat serien Sannfärdiga bekännelser från himmelssängen av markisinnan M***!

Pengarna förändrade vårt liv. Jag ekiperade mig, betalade våra skulder till herr Wulff, reglerade mina räkningar med pappershandlaren och lånade herr Balabanoff en summa för inköp av nytt instrumentarium. Jag hyrde också en gammal sjöman som försedd med kikare skulle hålla pråmarna under uppsikt från kampanilen på Poveglia. Min stora glädje var att jag fick tillbaka Jacopo. En morgon satt han på vårt tak och kacklade gäckande, en signal vi haft sedan vi först möttes. Jag slet mig från mina kontorsbestyr – att pengar skulle föra med sig så mycket räknande och skrivande! – och klättrade upp till honom med ett krus Soave, som vi omgående tömde. Men hans munterhet falnade snart; han verkade helt besatt av upplevelsen att ha blivit utsparkad från palazzo Leofanti.

– Varje vaken stund finns hon i mig! Så fort jag slår upp en dörr ser jag henne i det tomma rummet. När jag försöker somna om kvällarna störs jag av hennes små snarkningar. När jag vaknar i min säng och sträcker ut handen känner jag karmen i stället för hennes kropp.

Sedan satte han igång att tjata på mig att jag måste hjälpa honom att få henne tillbaka.

I ett försök att avleda hans tankar föreslog jag honom att vi skulle besöka min fars kusin, scenmästaren Tullio Cappiello. Som barn hade vi ofta besökt scenmästaren som då ännu höll till på San Samueleteatern. Sedan flera år hade han egen verkstad i ett nerlagt gondolvarv. Farbror Tullio var mycket olik min far, det vill säga öppen, pratsam och

151

mycket förtjust i barn. Min far tyckte aldrig om barn, han hade redan från början betraktat mig som vuxen.

Ingen stad i världen kunde mäta sig med Venedig när det gällde scenmaskinerier, varken beträffande storslagenhet eller teknisk påhittighet. Vid ett olyckligt fall från en spång i San Samueles scenhus hade Tullio brutit benen så illa att han numera tillbringade dagarna sittande i en bastant låda med sina förkortade ben invikta under sig. Han hade fått överge de gigantiska maskinerierna och specialiserat sig på dockteater och smärre scenbyggen för privata föreställningar.

När vi klev in i det gamla varvet var han just ifärd med att sätta ihop två schackspelande dockor av en katts storlek.

– Ciacco, Lilla gris! Och vem har han med sig om inte lille Jacopo!

Vi böjde oss över lådan så att han kunde omfamna oss.

– Så stora ni har blivit!

Det sade han jämt, trots att vi bägge slutat ränna i höjden för fem år sedan. Med barnslig iver satte han igång och demonstrerade sina schackspelare. För att de skulle synas var de tillsammans med det lilla spelbordet monterade på en hög träkub klädd med sammet. Han placerade pjäserna i utgångsläge och frågade:

– Vad önskas: spanskt eller italienskt?

Ingen av oss var särskilt hemma i schack så vi sade att det gjorde detsamma. Farbror Tullio tog en svart och en vit bonde i vardera handen och höll fram händerna mot dockorna. Till vår förvåning nickade den ena mot näven med den vita pjäsen. Vi kunde inte förstå hur det gick till, det fanns inga trådar eller stänger. Tullio klappade i händerna och kommenderade börja. Med stor iver och precision satte nu de små dockorna igång att spela. Ryckigt men precist flyttade de varannan gång pjäserna på det lilla brädet. Det var ett veritabelt underverk. Det var rent av skrämmande att se;

vi stirrade storögt på dockorna, sedan på varandra. Partiet var snabbt avslutat och den vinnande dockan mottog med en lätt bugning Tullios entusiastiska och våra mera undrande handklappningar. Jag lät mig sedan övertalas att ställa upp mot den segrande dockan. Reglerna kunde jag men jag saknade helt rutin. Ändå måste jag säja att jag blev paff när dockan gjorde mig schack matt efter elva drag.

– Han slår mig också, sade Tullio uppmuntrande. Och jag har spelat i trettio år!

Vi bönföll honom förstås att han skulle avslöja sina hemligheter. Tullio sade först blankt nej och bad en lärling hämta vin. Sedan vi druckit och skvallrat en stund gav han dock med sig. Han knackade på träkuben som spelarna satt på och ropade:

– Heraus!

Ena sidan på kuben visade sig vara en dörr och ut genom denna kröp en liten blek parvel som väl kunde vara en nio tio år. Han blinkade mot ljuset och stirrade på oss med öppen mun och snörvlande näsa.

– Låt mig presentera lille Dieter. Han har ambulerat med sin tyske far och dennes dockcirkus. Jag fick honom billigt efter konkursen. När han blir större skall jag bygga en schackmaskin åt honom, en mekanisk låda som skall klå självaste Philidor!

Vi fick sticka in huvudet i kuben och kunde då själva se hur miraklet gick till: lille Dieter hade en hand i var docka, han spelade med andra ord med sig själv. Det märkligaste var kanske inte gossens spelstyrka utan att han sittande i mörkret hade ett så fantastiskt minne att han under spelets gång precis kom ihåg samtliga pjäsers läge.

Vi tackade genom att ta både Tullio och gossen i hand varefter vi återvände till Rialto. Jacopo ville nödvändigtvis bort till palatset men jag lyckades få honom att gå hem i stället, sedan jag lovat hjälpa honom författa ett glödande kärleksbrev till Marina Balducci.

Sent samma kväll bankade den gamle sjömannen från Poveglia på vår port. Ute på pråmarna hade man hissat pestflaggan och ryktet visste berätta att myndigheterna försatt det flytande hospitalet i fyrtio dygns karantän på grund av tyfus.

Markisinnans assemblé var ett försök att närma sig societeten. När jag överlämnade Jacopos – och mitt – kärleksbrev, luktade hon på brevet utan att öppna det och rev det sedan i småbitar; nu var inte tid för kärlek utan dags att börja etablera huset Leofanti i Venedig. Hon hade dikterat ett sextiotal personliga inbjudningar men till sin ilska bara fått svar från tretton. När jag infann mig på kvällen hade jag därför med mig herr Balabanoff, vilken skulle presenteras som rysk envoyé. Hon hade inte sparat på pengarna. Torget var upplyst med facklor och det låg trots regnet en lång sträng av mattor från porten till grändmynningen. Jag var iförd mina nya kläder och ryssen sin rock med broderade kraschaner. Hans humör var inte det bästa, då han mycket väl insåg familjen Leofantis vacklande status. Nedre hallen var upplyst med lampetter och vi togs emot av inhyrd personal. Uppe i salongen väntade en nervös markisinna, en välvilligt leende markis, herr Tristán halvvägs mellan berusning och fylla och herr Zeno som av någon anledning stod och gäspade ute på balkongen. Herr Balabanoff och jag fördes runt och hälsade; han visste ingenting om markisens tillstånd och blev synbarligen rörd av det varma handslag och det strålande leende markisen välkomnade honom med. Vi förenade oss sedan med de andra väntande.

Efter en halvtimme dök en yngre man i Kyrkans dräkt upp och presenterades som abbé Maranini. Detta skapade en viss förvirring, då abbén inte var personligen inbjuden utan sade

sig komma i stället för monsignore Palla, som blivit opasslig.
Efter ytterligare någon halvtimmes omväxlande trög och for-
cerad konversation anlände baron och friherrinnan de
Grandjean, franska emigranter som kommit till staden sam-
tidigt som Leofantis. En tysk läkare i åttioårsåldern med sin
knappt hälften så gamla fru kom därnäst. Doktorn stannade
helt kort då ämbetet kallade. Sedan kom en handfull männi-
skor på en gång: advokaten Landrove, protokollföraren i Se-
naten Ulisse Aldrovandi, ambassadsekreteraren Rosenhane
– som genast inledde konversation med herr Balabanoff i
tron att denne var kollega – samt en synnerligen elegant
herre med lång värja, cavaliere della Lana, som mycket de-
monstrativt kysste markisinnans hand och därpå tryckte den
till sitt hjärta.
Åtskilligt försenad anlände så en av numeristerna på mo-
det, en herr Patricola. Honom hade jag träffat förut, min mor
hade bjudit honom på middag i hopp att han skulle komma
med lämpligt förslag på en maka åt mig. Lunardo Patricola
var en lång och tunn herre, klädd som en advokat, med stora
utstående ögon som långsamt pendlade under de tunga
ögonlocken likt blicken hos en ödla. Blek med skorvig hud på
händer och hals, nasal i tonen och med ett rörelseschema
som en avdankad balettdansör förde sig numeristen. Min
mor hade genast fallit för honom och hans så kallade veten-
skap. Han var en papprets astrolog: i stället för i stjärnor
spådde han i nerklottrade sifferserier. Vad markisinnan
skulle med en sådan halvherre till vet jag inte. Men hon hade
en faiblesse för magnetisörer, hydroterapeuter, siare i kort el-
ler vem som helst som uppträdde som specialist i gränslan-
det mellan hälsa och framtid. Några numeriska konster fick
vi oss dock inte demonstrerade denna afton, vilket förmodli-
gen hade ekonomiska orsaker.
Små bakelser bjöds omkring och sällskapet uppmanades
komma ut på balkongen för att avlyssna den stråkensemble

som befann sig i en båt på kanalen nedanför. Just som jag skulle träda över tröskeln högg abbé Maranini mig i armen och drog mig tillbaka in i salongen:

– Jag vill tala med er, herr Cappiello.

– Vad gäller saken?

– Inte här, viskade abbén med en blick på herr Tristán, som vräkt sig i en stol där han försökte spegla sig i ett slipat vinglas.

Vi gick ut i trappan där vi emellertid blev störda av betjäningen som förberedde en silvervagn med supén. Som han väckt min nyfikenhet tog jag honom med upp i markisens rum. Eftersom jag inte hade en aning om vem han egentligen var utgick jag ifrån att han varit en av markisinnans älskare.

– Jag ber om ursäkt att jag ryckt er från underhållningen där nere, men jag är ute i angeläget ärende. Ni lär ju vara en mycket duktig skrivare?

Jag svarade tills vidare inte, då jag först ville få honom att visa sina kort.

– Av er klädsel framgår också att ni betalas väl för era tjänster.

– Det är ett arv.

– Arv eller inte, så har ni nyligen utfört ett uppdrag åt en mycket god vän till mig, förutvarande chefen i Arsenalens ritkontor.

Jag svarade inte nu heller men började känna en kall ilning mellan benen.

– Amiral Bellincion Berti har på det högsta lovordat era insatser, herr Cappiello. Ni lär vara snabb, punktlig och diskret. Stämmer det?

– Det får ni fråga andra om, herr abbé.

– Det har jag, som ni förstår, också gjort. Alltså till saken: jag skulle vilja anställa er för ett uppdrag av liknande natur som det ni utförde åt min dyre vän. Jag kan lova er god ersättning och... låt mig ställa en fråga: med ert förtroendeingivande sätt och er seriösa framtoning i övrigt, har ni aldrig övervägt en karriär inom Kyrkan?

Det hade jag faktiskt gjort alldeles efter min fars bortgång, då jag insett att jag knappast skulle vinna inträde i skrivarskrået utan långa och praktiskt taget obetalda lärlingsår. Kyrkan kunde erbjuda en genväg men priset var självklart högt och sannolikt skulle jag inte fått vara kvar i Venedig, utan när som helst vara beredd att bege mig dit där Kyrkan för tillfället behövde mig bäst.

– Nej, abbé.

– Synd, mycket synd.

– Kan vi i så fall återförena oss med de andra?

– Uppdraget kräver inte att ni blir en av oss. Min uppdragsgivare är beredd att anställa er på vanliga villkor, eller låt oss säja på ovanliga villkor, ovanligt förmånliga.

– Och vem är er uppdragsgivare?

– Det kan jag dessvärre inte avslöja förrän jag vet om ni tar anbudet. Tänk på saken! Vi hör av oss. Jag tror ni kommer att ångra er om ni tackar nej.

Det sista framfördes utan någon biton av hot, men jag tyckte mig ändå ana det. I nästan allt som Kyrkans dignitärer sade fanns antingen en ton av underförstått löfte, eller hot.

Nere i salongen hade man fällt upp ett spelbord vid vilket markisen, herr Tristán, herr Zeno och cavaliere della Lana satt och spelade farao. Insatserna var ännu blygsamma och jag gick i stället ut på balkongen, där markisinnan höll på att läxa upp Marietta för något som jag inte hann uppfatta. Negressen tog tillfället i akt och försvann. Jag gick fram och tog markisinnans hand.

– Nej, Ciacco! Jag uppskattar din vänfasthet – men försök inte pracka på mig fler brev från Jacopo.

Hon återvände in och jag blev stående och såg ner på musikerna som hade paus och undfägnades med mat och dryck

158

i båten. När jag lyfte blicken fick jag syn på herr Bazani som befann sig på sitt tak. Där satt han finklädd under ett stort paraply och stirrade oavvänt ner mot mig. Jag lyfte handen till hälsning, men han låtsades inte med en min att han kände mig. Jag hade inte mer än hunnit sätta min fot i salongen, förrän jag blev vittne till ett beklagligt missöde. Kortspelet hade plötsligt stannat upp. Markisen stirrade stint på cavalieren som glodde lika hårt tillbaka. Herr Tristán fyllfnissade och herr Zeno satt och tittade ner i sitt knä. Markisen reste sig så hastigt att hans stol föll bakåt, grep en trave kort och slängde dem i bröstet på cavaliere della Lana. Cavalieren for upp och grep efter värjfästet, men släppte det nästan genast och ropade i stället på hatt och kappa. Vi stod alla blickstilla och såg gamle Benedetto halta in på tå med hatten och kappan. Cavalieren klädde sig sävligt, gick sedan fram och kysste markisinnans hand, vände sig mot markisen, log sataniskt och sade:

– Vi ses i vassen!

En flock gryningsfärgade flamingos flög upp när vi tidigt nästa morgon närmade oss de enorma vassbevuxna träsken utanför Maestre. I den främre båten for kirurgen och en i takt med årtullarnas knirkande snarkande herr Tristán. Själv rodde jag i par med gamle Benedetto den flata båten med markisen och markisinnan. Dueller straffades hårt i Republiken Venedig. För att kunna upprätthålla sin urgamla hederskodex hade adeln därför fått söka sig andra vägar. "Att ses i vassen" innebar att kontrahenterna försedda med fågelbössor roddes mot varandra genom tät vass. Inför undersökningsdomaren förklarades skador eller dödsfall såsom vådaskott under jakt.

Så snart cavaliere della Lana lämnat palazzo Leofanti hade också de övriga gästerna – även herrar Zeno och Patricola – snabbt droppat av. Situationen var synnerligen brådskande. Solen gick upp tidigt och det var en lång rodd genom natten till träsken. Markisinnan hade varit utom sig:

– Vad skall jag leva av om den bastarden går och blir skjuten! skrek hon för att i nästa ögonblick kasta sig om halsen på den leende markisen och täcka hans huvud och händer med passionerade kyssar.

Hon smidde vilda planer: jag skulle omedelbart ge mig ut på staden och försöka hyra en bravo, en yrkesmördare, som i vassen skulle byta kläder med markisen. Nej, bravon skulle i stället komma smygande i en annan båt och skjuta ur bakhåll, då ingen bravo mot aldrig så hög ersättning kunde antas vara beredd att utsätta sig själv för direktbeskjutning från en tränad skytt. I nästa stund skulle vi gömma undan markisen, förklara att han hastigt dött, eller varför inte flytt. Nej, jag skulle kläs ut till markis... nej, Jacopo förstås, som säkert var en bättre skytt och beredd göra vad som helst för att återfå sin position i sängen.

Sedan markisinnan bestormat oss med befängda förslag i mer än en timme tycktes hon helt plötsligt finna sig i sitt öde. Hon satte i gång tjänstefolket att packa upp och borsta markisens gamla jägarmundering från Palermo. Vapen togs ner från vinden och rullades fram ur sina oljedränkta dukar. Krut hälldes upp ur plomberade patroner och breddes ut framför elden för att torka. En avgörande detalj var fotbeklädnaden. Duellanterna stod på en liten plattform i fören på de flata fågelbåtarna och måste kunna hålla perfekt balans för att ha en chans att träffa. En huttrande och gäspande skomakare hämtades i hast och försåg jaktstövlarna med en extra blysula.

Så kläddes markisen på och stod där mitt i salongen i all sin glans, med filthatten stolt på svaj, bössan på axeln, kruthorn och jaktdolk, mässingshorn att tuta i, jaktväska med vildsvinshåret utåt och den glittrande silverpluntan i ett särskilt snöre om halsen. Bredbent stod han och vi gick fram en efter en och tog honom i hand.

Det var dags att embarkera. I den trånga trappan ner till båtkällaren tog markisinnan min hand och förde den under sin kappa. Där kände jag en långpipig pistol.

– Jag litar på dig, Ciacco...

Jag vägrade först men jag behövde bara känna henne andas mot min haka för att ge efter. Jag grep vapnet och stack ner det i byxbenet.

Cavaliere della Lana med roddare och sekundanter väntade redan otåligt. Han hade med sig egen läkare och erbjöd generöst dennes tjänster. Vilket vi tacksamt anammade då den kirurg herr Tristán kommit släpande med inte bara verkade vettskrämd utan dessutom stank av gammal finkel. De bägge duellanterna singlade sedan slant om positionerna. Markisen vann, vilket först skapade en lätt förvirring då han ju själv inte kunde uttrycka några önskemål, men markisinnan, själv van vid jakt, valde söderläget. Della Lana roddes iväg åt norr och skulle på signal från ett löst skott vända söderut genom den täta vassen, samtidigt som vi trängde in i träsket från motsatt håll.

När vi låg och väntade, omsvärmade av sländor och flugor, drog Benedetto sedan han lindat årorna fram ett krus under toften och bjöd på en klunk. Jag drack tacksamt för att döva rädslan men ångrade mig genast då urinen började tränga på, trots att vi alla tre kastat vatten bara någon minut tidigare. Markisen ville inget ha utan stod där bredbent med lätt böjda knän med ryggen mot oss, bössan i brösthöjd och höger armbåge stödd mot höften. Vi skulle ro framåtvända för att kunna uppfatta de tecken han gav oss – men hur skulle han kunna ge några tecken alls, när han totalt saknade kommunikationsförmåga?

Det lösa skottet small borta från följebåtarna, som vi inte längre kunde se. Vi vilade på årorna en stund: ju längre det dröjde innan duellanterna möttes, desto mer besvärad av den stigande solen skulle della Lana bli. Just som jag skulle börja ro viskade Benedetto:

– Låt mig ro ensam, herr Ciacco. Ställ er på toften och håll utkik efter flugmolnet ovanför!

Naturligtvis hade han rätt men jag kunde ändå inte förmå mig att ställa mig upp förrän efter tredje försöket. Risken att bli skjuten var stor redan för en krumböjd roddare. Sakta började Benedetto ro in i vassen. Vid vanlig jakt användes inte åror utan båtarna stakades genom träsken men enligt de informella reglerna för duell var det uteslutet, då den som stakar lättare kommer i skottlinjen än den som ror. Vattnet kluckade och vassen gnisslade i kapp med sländorna när vi långsamt pressade oss in i den sega vegetationen. En fågel skrämdes upp och jag duckade genast, trots att della Lana ännu måste befinna sig flera tusen fot bort.

Sedan jag bett ett dussin Ave försökte jag distrahera mina tankar med att försöka reda ut vad som hänt vid kortbordet kvällen innan. Hade della Lana verkligen spelat falskt? Det verkade föga sannolikt. Insatserna hade ännu inte nått särskilt högt och cavalieren var allmänt känd för att ha gott om pengar. Antingen hade markisen misstagit sig, eller också hade det bara knäppt till i hans skadade hjärna – *eller* så låg det annat bakom. Ville della Lana förödmjuka markisen eller genom markisen förolämpa markisinnan själv?

Ett flugmoln blev synligt nästan rakt föröver. Jag klappade Benedetto på huvudet, han såg upp och jag angav riktningen med pistolen som han nu för första gången såg att jag hade. Han nickade glatt åt vapnet. Om han kunnat hade han säkert skjutit della Lana i ryggen för att rädda sin älskade markis. Och markisen? Hade han upptäckt flugmolnet?

Benedetto gjorde en kringgående rörelse åt öster och vi närmade oss flugmolnet med solen precis akter om oss. Vad markisen tänkte kunde ingen av oss givetvis veta, men han höjde bössan till skuldran. Närmare och närmare pressade vi oss. Trasan lossnade från ena åran, men vi fortsatte, då det var vassen som lät och inte årorna. Sedan låg vi stilla ett par minuter för att lyssna efter ljud från den andra båten. Inget hördes utom vårt eget insektssurr.

Långsamt fortsatte vi mot det andra flugmolnet. Vi var nu så nära att vi skulle ha sett fiendens vitöga om vi över huvud taget sett någon alls. Det fanns ingen della Lana under flugorna. I stället låg en död hund i vassen, groteskt uppsvälld med tungan som en korv ut åt sidan.

Vi rodde snabbt därifrån för att inte dra på oss fler flugor. Jag var nu osäker på vår ursprungliga kurs. Jag signalerade att vi skulle hejda oss, vände mig mot solen och försökte med hjälp av fingrarna räkna ut – någon klocka hade jag dumt nog inte lånat – hur fort solen flyttade sig. I samma ögonblick kände jag hur båten vacklade till och jag hörde markisen dråsa i durken, utan att något skott hörts.

– Träffad! Träffad! Träffad! vrålade Benedetto i enlighet med reglerna och jag väntade få se della Lanas båt komma fram genom vassen.

Vi kastade oss över markisen och for med händerna över hans kropp. Ingenstans kunde vi upptäcka minsta blodfläck. När vi vände på honom himlade han med ögonen och klar fradga rann ur ena mungipan.

– Träffad! Träffad! Träffad! gastade vi igen för att inte plötsligt bli beskjutna ur något bakhåll, men inte heller denna gång nådde oss minsta tecken på att motståndaren skulle befinna sig i närheten.

Återstod oss inget annat än att ro ut ur vassen och försöka hitta följebåtarna. Vi lät markisen ligga, vi kunde ändå inte göra något för honom, och började ro som besatta i riktning mot solen. Vi cirklade säkert bortåt en timme i den stekheta stiltjen med flugor krälande på läpparna och myggor surrande i nacken. När vi äntligen nådde fritt vatten var vi totalt utpumpade och jag fruktade att gamle Benedettos hjärta skulle strejka. Men vi hade inte legat och drivit länge förrän följebåtarna dök upp i kolonn. Först kom en bister cavaliere med bössan i högsta hugg, sedan läkaren, därpå markisinnan och sist herr Tristán och hans kirurg.

– Vad är det här för skoj?! skrek della Lana och tog ett språng över i vår båt och satte pipan i bröstet på markisen.

Läkaren tog sig också över och därpå markisinnan, så att vår båt var ytterst nära att stjälpa.

– Ge honom en sup så att vi kan börja om! röt cavalieren och ville inte låta sig övertygas att markisen var hopplöst bortom all förmåga.

– Hjärnblödning, var läkarens förklaring när han höll upp

164

markisens ena hand, som hängde slapp som en vissen stjälk.

– Jag kräver min rätt! envisades della Lana.

Inte förrän den fumlige kirurgen drullat över i vår båt, och påpekat att avföringen gått i byxorna på markisen, vände sig cavalieren bort och gav order om att han omedelbart skulle ros tillbaka till staden.

Mama Rosa hälsade mig som vanligt med stor hjärtlighet. Ändå förnam jag en underton av irritation, vilket inte förvånade mig alls då klockan ännu inte slagit åtta förmiddagen. Köket var belamrat med odiskade kärl, i trappan stod en latrinhink och vid salongsbordet satt herr Rosa och letade efter dolda sprickor i några tombuteljer genom att slå på dem med en sked.

– Stjärna har halsfluss, Gretchen har gått till fiskmarknaden och Lucia sover, hennes sista kund har just gått, förklarade madame med en min som bad mig återkomma litet senare.

Men jag hade inte tid att vänta. Herr Mozzi hade redan två gånger frågat efter nästa brev i Sannfärdiga bekännelser och jag var i desperat behov av nytt material.

– Låt mig tala några ögonblick med Stjärna!

– *Tala*, Ciacco? Har du redan blivit gubbe?

Sedan jag betalat rundligt förskott gick hon emellertid med på att jag skulle få gå upp till Stjärna. Stjärna hade visserligen blivit lovad att slippa arbeta, men vid närmare eftertanke var madame säker på att Stjärna skulle göra ett undantag för en gammal kär kund.

Stjärna låg nerbäddad med en yllestrumpa flera varv runt halsen. Ögonen var blanka, kindknotorna blossade och läpparna var vita:

– Lilla grisen... tillhör du dem som tycker det är roligare med het hud?

– Jag vill bara prata.

166

Hon sjönk tillbaka mot kuddarna som om förslaget tråkade ut henne. Jag kunde inte bedöma hur sjuk hon var, men hon hade vissa svårigheter att fästa blicken. Mitt mod sjönk:
– Jag lägger en slant här under kudden, inte till madame utan till dig. I gengäld vill jag att du berättar hur det var allra första gången.

Hon krafsade genast rätt på myntet, knackade det mot sängstolpen och gömde det sedan i tån på en sko. Hon glodde på mig med öppen mun – andedräkten var vedervärdig – och sade med tjock röst:
– Hur skulle jag komma ihåg det?
– Det är klart att du gör. Vem var han?

Hon tänkte länge, böjde sig så ner och kontrollerade att myntet låg kvar i skon och sade sedan:
– Han bodde inneboende hos min matmor. Jag tror han var seminarist. Jag skulle tömma pottan åt honom. Men han släppte inte ut mig.
– Och?
– Han greps av ruelse och bekände för min matmor. Som kastade ut mig.
– Gjorde det ont?
– Det minns jag inte.
– Njöt du rent av?
– Inte vad jag kan minnas, nej... Jag vill inte prata om det. Kom till mig nu i stället vet jag!

Hon vräkte upp bolstret och skrevade trött med benen. Men hennes blick var långt borta.

Gretchen som hade återvänt från fiskmarknaden stod på gården och flådde ål, som hon spikat vid en plankstump för att kunna dra av det sega skinnet. Hon ville inte följa med upp på sitt rum, men gick med på att prata med mig sedan jag givit henne tio soldi.
– Men hör nu på, messer: vill han ha sanningen skall han få det.

– Det är precis vad jag har bett om.

– När jag var åtta år dog min mor. Jag var äldst, två yngre bröder och en syster fanns i huset. Samma kväll min mor dött i barnsäng tog min far mig till sig i sängen där vi låg och grät tillsammans. Jag kramade honom och kysste honom. Plötsligt var han som förbytt, ömheten gick över i brottning och... Så fortsatte det, kväll efter kväll. Jag fann mig i det, han var ju min far. Dessutom lärde jag mig att jag kunde driva min vilja igenom på andra områden om jag var honom till lags. När min syster blivit litet äldre tog han henne också. Då kunde jag inte längre styra honom. Nekade jag var hon villig, och tvärtom. Hushållet förföll, min mellanbror blev sjuk och dog. När jag var tolv blev jag med barn första gången. Det födde jag dött efter fyra månader. Jag var snart likadan igen. Grannfrun såg det på mig och snart visste hela kvarteret. Min far sade åt mig att gå till prästen och bikta mig och säja att jag blivit våldtagen av en maskerad herre under karnevalen. Prästen trodde mig inte, det var en förklaring han hört alltför många gånger. Men han var god mot mig, han lovade att inte pressa mig – om jag gjorde honom till viljes. Där har ni min historia, messer, hoppas ni är nöjd!

Hon fick äntligen grepp i det hala ålskinnet och slet det i ett enda ryck från kroppen.

Lucia sov fortfarande när jag tassade in i rummet. Hon låg med tummen i munnen och det ryckte i mungipan på henne som på en sovande hund. Jag lade mynten på pallen vid sängen, drog fram en stol och satte mig att vänta. Det var inte utan att jag slumrade till en aning själv. Jag vaknade av att hon stod i dörren och gastade ner till madame:

– Jag skulle ju få sova till tolv!

Ingen svarade där nere och hon gick trumpen och lade sig igen.

– Skyll dig själv, sade hon till mig. Jag blöder.

Jag förklarade att jag inte tänkte röra henne och bad henne redogöra för sitt första kärleksmöte.

– Kärleksmöte?

– Ja tack.

Hon vände ryggen åt mig och sög på tummen så att det hördes. Hon verkade pigg och intelligent och jag fick uppfattningen att hon ville samla sina tankar i lugn och ro. Men när hon inte talat till mig på bortåt en kvart blev jag otålig – jag hade ju bokstavligen inte hela dagen på mig – och upprepade min begäran. Då vände hon sig långsamt runt, drog tummen ur munnen, kisade föraktfullt på mig och sade:

– Min kropp kan du köpa. Men mitt liv är inte till salu.

Jag dröp iväg och beslöt att aldrig mer sätta min fot i detta ovänliga hus, i varje fall inte förrän prokuristen fyllde år nästa gång. Vad skulle jag göra – försöka med en annan bordell? Men förmodligen skulle också där vid denna tid på dagen den osminkade sanningen råda, och den skulle inte tillfredsställa herr Mozzis smak. Då slog det mig att om man inte kunde skriva av livet som det var kunde man i stället hämta material ur litteraturen. Var kunde det då finnas erotisk litteratur av sådan kvalitet att den var bättre än det jag kunde hitta på själv? Inte hos bokhandlarna, de var alltför påpassade av censuren. Kanske på något antikvariat eller hos en tryckare... Ricci! Jag hade det: hos Ricci i biblioteket måste det finnas, kanske inte från modern tid, men säkert något av de gamla grekerna eller romarna.

Jag hade bara varit ett barn, när min far tog mig dit. Biblioteket var lika skrämmande denna gång. Här rådde en förnäm stillhet och jag var så när övertygad att till och med portvakten talade flytande latin. Mig tilltalade han dock på italienska, som om mitt obildade ursprung lyst som en kokard. Jag fick fram att jag ville tala med bibliotekarien Ricci och portvakten började slå i en liggare, som om Ricci endast var en bland tusen anställda i detta kulturens tempel. Sedan han slagit fram och tillbaka i luntan rätt länge drämde han plötsligt igen den utan att det verkade som om han hittat vad han sökte och kallade till sig en pojke:

– Ta den här personen till bibliotekarien Ricci!

Pojken betraktade mig med ännu större förakt än portvakten. Jag följde honom i kölvattnet mellan de enorma hyllorna, som verkade att i vilket ögonblick som helst kunna störta över mig tyngda av sin lärdom. Genom stora salen gick vi, sedan uppför en gjutjärnstrappa, över en smal spång där man kunde se svartklädda herrar djupt under oss ivrigt plitande – och vidare uppför en spiraltrappa till en vind där travar av dammiga böcker och obundna manuskript låg i slarviga högar som om de just tippats av en kärra. Där stod Ricci på alla fyra för att med knän och armbågar hålla en sprucken karta utrullad. Pojken lämnade mig och jag tog ett par försiktiga kliv mot bibliotekarien, som var strängt upptagen med att granska en stadsplan. En planka knarrade till och han upptäckte mig. Färgen vek från hans ansikte som om han inte trodde sina ögon; så störtade han upp – kartan slog igen under honom – och väste:

– Är ni galen... Ni söker upp mig här! Vet ni inte att Milano gav upp för fransmännen i går?!

Det var nu mycket länge sedan jag biktat mig och jag begav mig till kyrkan i hopp om att kyrkoherden fader Ezzelino skulle vara på sitt förlåtande humör. Men jag hade glömt att det var en sådan dag då alla skulle bikta sig och det var lång kö. Jag hade inte väntat länge i San Pantaleone förrän en kaplan kom fram till mig och bad mig följa honom. Han förde mig till en biktstol som enligt skylten inte var i bruk och nickade åt mig att falla på knä. Jag hörde någon mumla en bön på andra sidan gallret och jag hälsade och började.

Jag vet inte hur länge jag låg där, men jag hade hunnit igenom hela historien med duellen, besöket hos Mama Rosa och mina affärer med herr Mozzi, då den jag trott vara fader Ezzelino frågade:

– Och Ricci?

Det var inte kyrkoherdens röst och jag fick inte fram ett ord av ren häpnad; jag hade bekänt en lång rad svåra synder för fel präst. Vad väntade mig nu? Och hur kunde han känna till Ricci?

– Jag begär att få tala med min biktfader, svarade jag till slut.

Då drogs förhängena isär och där satt abbé Maranini och log förbindligt. Han reste sig, grep mig om axlarna, lade huvudet på sned och sade milt:

– Min son, jag är säker på att ni och jag kommer att bli mycket goda vänner. Nu skall ni följa med mig!

Som jag inte hade något val följde jag honom till närmsta bro, där han hyrde en gondol. Under färden nerför Canal

171

Grande talade han om familjen Leofanti och det tragiska som hänt markisen. Enligt läkarna hade markisen nu inte bara för all framtid berövats sin talförmåga utan också förmågan att röra sig. Han beklagade markisinnan som ändå var relativt ung, han beklagade herr Tristán som ju inte kunde kallas speciellt ung, men ändå rimligen hade några aktiva år kvar som konstnär. Och vad skulle nu hända? Det var ju ingen hemlighet att markisen med sin makalösa tur vid spelborden praktiskt taget varit familjens enda inkomstkälla efter flykten från Palermo...

Jag hörde inte på, jag var alltför upptagen med att gå igenom mina kontakter med Ricci och de andra på Spadaria. Att den som haft förbindelser med jakobiner levde farligt nu när fransmännen stod i Milano kunde ju ett barn begripa. Jag var *inte* medlem av LEF-klubben, jag hade *vägrat* bli dess sekreterare, jag hade i mitt hus inte *en enda* revolutionär pamflett. Men skulle det hjälpa mig om jag togs i förhör? Venedig hade rykte om sig i hela Europa för sin tolerans, sina fria seder, sin åsiktsfrihet så länge man höll sig till en mindre krets. Men stämplingar mot Republiken straffades snabbt och skoningslöst. Mitt enda försvar – förutom att jag faktiskt var oskyldig – var att jag kunde hänvisa till min ungdom och att min familj bott i Venedig längre än någon kunde hålla reda på.

Jag kände mig inte lugnare av trafiken i bassängen. På Piazzettan väntade en folkhop uppenbarligen på de senatorer vars privatbåtar låg och skvalpade vid kajen. Av de många småbåtar som brukade transportera varor mellan kajerna och de ankrade skeppen syntes nästan inga; i stället gungade flera av Flottans lätta båtar i det upprörda vattnet. Vår gondol satte kurs på San Giorgio Maggiore.

Vi gled in genom klostrets sjöport. Inne i valvet fick gondoljären vända och vi klev över i en flat båt som betjänades av två munkar. Den ena stod med en lykta på stång i fören, den andra stakade i aktern. Vi gled in i en tunnel med spår från antik bebyggelse i väggarna: inmurade kolonnstycken, en romersk gravsten och resterna av en fris i grönsprängd marmor. Det stank ruttet tegel. Mitt hjärta blev kallt som sten när jag upptäckte det första skelettet i en nisch: en blånad skalle grinade ur möglig kåpa. Fler följde raskt: liggande, sittande, till och med hängande i kedjor ur taket så att vi fick huka oss. Vi kom ut i en unken grotta där väggarna mest bestod av urgamla, ojämnt huggna pålar, svartnade och sjögräsbehängda, vilket skvallrade om stora skiftningar i vattennivån. Längre in stötte vi på den första kistan som låg och flöt intill väggen, öppen, vattenfylld nästan upp till kanten så att man bara kunde ana två korslagda händer. Fler och fler blev kistorna, de flesta gamla, uppruttnade och stående på högkant, andra nya, någon till och med glänsande av tjära med ett lik så oanfrätt som ansiktet på en ikon. Till slut körde vi fast; den ena munken grep en båtshake, klev över på bråten av kistor, baxade oss fria och röjde en passage åt oss som om han flottat timmer. Utan att abbén sade ett ord under hela färden visste jag ändå var vi befann oss. Min far hade aldrig varit här, men han hade berättat om dessa tunnlar som om de varit något mer än ett obekräftat rykte: Venedig hade sina vattenkatakomber.

Helt oväntat var vi ute i ljuset, gled över en stilla damm med hängpilar runt om och nådde en kantstött kajtrappa. Stelfrusen skyndade jag i hälarna på abbén in genom en port. Snart satt vi i ett stort, ljust men enkelt möblerat kontor.

– Ni tvekade att tala om Ricci? sade abbén sedan han hällt upp vin i två metallbägare.

– Jag känner honom knappast...

– Det vet Kyrkan, frågan är snarare vad Polisen vet... eller vill veta. Nå, unge man, jag har inte gjort mig besväret att vänta ut er i San Pantaleone och ta er hit för att tala om en

173

liten bibliotekarie med jakobinska idéer. I stället föreställer vi oss att ni kunde behöva stöd i en situation som kan bli kinkig. Och att ni kanske skulle vara beredd att göra oss en liten gentjänst för det. En munk kom in och viskade något i abbéns öra. Han reste sig genast och bad mig följa honom ut i loftgången. Där blev han stående och såg ner i parken vars räta grusgångar bredde ut sig som pinnarna i en solfjäder. En liten dörr öppnades i muren till höger, en munk trädde ut och efter honom en satt figur i slitna kläder. Efter trashanken följde ännu en munk med en stor nyckelring i handen. Den första munken tog trashanken i armen och förde honom fram till den lilla fontän som låg rakt nedanför oss. Sedan återvände bägge munkarna in och stängde dörren om sig. Trashanken därnere blev först stående blickstilla, sedan föll han på knä och började tvätta ansiktet i fontänen. Det var Magdalenus.

Abbé Maranini, som inte tittat ner utan stirrat på mig, såg genast att jag kände igen Magdalenus och föreslog att vi skulle återvända in.

– Vi hade tappat spåret efter honom, när han en dag självmant infann sig på San Pietro. Han tycks gå till grunden med sin roll som offerlamm, inte sant?

Jag ville inte fråga mer om hur Magdalenus sluppit från pråmarna, utan tömde bägaren med det söta vinet och sade:

– Jag har inget att säja. Vill ni veta något får ni vända er till er vän, amiral Berti.

– Jag vet att ni skrev ner och delvis själv skötte förhören med Magdalenus. Eftersom handlingarna är försvunna från Arsenalen tänkte vi att ni kunde skriva ner vad ni kommer ihåg. Samt vara till hjälp i de fortsatta förhören.

– Jag kan inte hjälpa er.

– Det var tråkigt. Inte ens mot bakgrund av era förehavanden på Spadaria?

– Nej.

174

Han fyllde på mera vin, drack, tittade i taket medan han lät vinet spola runt i munnen, ställde ner bägaren med en smäll och sade:

– Ni är mycket modig, Ciacco. Och inte så litet dumdristig. Ni vill "rädda" en person som uppenbarligen gjort det djupaste intryck på er. Det kan ni inte. Låt mig klargöra situationen: patriarken av Venedig har i sitt förvar en person som påstår sig vara ättling i rakt nerstigande led från Frälsaren själv. Ur teologisk synpunkt är det naturligtvis nonsens. Men Kyrkan måste hålla sin trädgård fri från ogräs. Ni kan ändå inte inbilla er att bara för att inte ni vill samarbeta, så skulle vi sätta fången på fri fot så att han kan gå ut i en stad som hotas av ockupation och predika sina hårresande men publikknipande historier. Valsituationen är följande: antingen lyckas patriarken av Venedig reda ut den här affären själv, med eller utan er hjälp – eller så faller vi undan för nuntien, som har sina spioner överallt och förmodligen redan vet det mesta. Nuntien kommer att hävda att kätteri av denna dimension inte är något för den lokala Kyrkan. Han kommer att kräva fångens utlämnande till Rom. Och vad som händer kättare som utlämnas till Vatikanen, det behöver vi kanske inte gå igenom i detalj?

SENARE DELEN

Min käre gudson:

Jag vill sticka emellan med en episod som ägde rum på pråmarna julen innan du fyllde tre. Jag hade vid det laget börjat få någorlunda ordning i vår flytande dårkista. De värsta plågoandarna bland betjäningen hade fått respass och för första gången lyckades jag städsla en läkare, som kom över från Rialto en gång i månaden. Mitt rykte som framgångsrik sjukhusadministratör hade också spritt sig i staden. Jag hade till och med fått mottaga ett par syfilitiker ur den kejserliga österrikiska lokalregeringen. Efter införandet av bättre kost, daglig motion och sträng hygien hörde det till undantagen att patienter dog.

Det var din amma som först yppade de skrämmande ryktena. Varför förstår jag inte, hon hade ingen som helst aning om din rätta härkomst – den kände ingen utom jag. Men amman, som dagligen for fram och tillbaka från Poveglia, berättade hur prästerna börjat fråga runt efter tvååriga gossar. De var särskilt intresserade av fosterbarn och bortbytingar. Själv hade hon i egenskap av amma kallats till ett särskilt förhör hos kyrkoherden. Ytterligare två herrar hade varit närvarande: en österrikisk underofficer och en svartklädd blek herre som inte presenterat sig men som behandlats med stor vördnad. Noggrant hade hon fått redogöra för vilka hon ammade. Givetvis hade hon då också uppgivit vad hon trodde var min halvbror, det vill säga dig.

På självaste nyårsdagen lade en barkass plötsligt till vid

179

pråmarna. Ombord fanns en tropp ur ett ungerskt skytte-kompani. De ville söka igenom vår anläggning. På frågan efter vad gavs inget svar. De brydde sig inte om de vuxna patienterna men drog med Bastian, den svagsinte dvärgen som du säkert minns, upp på däck där den stackarn under bajonetthot fick redogöra för sin ålder. Trots att han gjorde på sig lyckades han dock sekunderad av mig övertyga ungrarna att han faktiskt fyllt trettiofyra. Dig såg de aldrig. Redan som tvååring var du läraktig som en hundvalp och kröp genast du hörde pipan drilla in i din lilla tunna under kornhögen i sädesbingen.

Så, efter detta språng i tiden, åter till San Giorgio 1796:

Under sommaren hände inte mycket. Jag for över till klosterön tisdag och fredag, tillbringade någon timme ensam med Magdalenus i abbé Maraninis kontor – Jesu ättling satt för det mesta och sov i sin stol – och for sedan tillbaka hem. När det blev dags igen plockade jag fram mina gamla förhörsutskrifter, sorterade ut en lämplig portion, for till San Giorgio och placerade pappren som överenskommet i abbéns skrivbord. Jag såg honom inte på hela sommaren, men jag visste att han läste mina utskrifter noga, ty ibland låg en lapp i lådan med önskemål om komplettering eller kontroll av någon smärre motsägelse. Kanske tillbringade Maranini sommaren i bergen och fick utskrifterna med kurir, vad vet jag.

I september släpptes jag inte in i klostret den vanliga vägen via porten från torget utan fick åter göra den besvärliga resan genom katakomberna. Utkommen i ljuset igen visades jag inte till kontoret utan till en stor sal i bottenvåningen. Salen, som var hög och smal och saknade fönster utom några gluggar uppe under bjälktaket, var tom så när som på ett högt skrank i bortre änden, där altaret skulle ha befunnit sig om det varit en kyrka; salen liknade mer än allt annat en trång basilika.

Jag fördes fram till det höga träskranket bakom vilket sex män satt. De var alla mycket gamla utom den ende jag kände igen: abbé Maranini. Förutom abbén bar två av de andra Kyrkans dräkt. De övriga tre var civila och klädda som välbärgade köpmän. Abbé Maranini bar ett brett sidenband med texten *Deus, judica causam tuam.* Jag tror ingen som läst

181

de orden, antingen han behärskar latin eller inte, någonsin glömmer Inkvisitionens motto.

– Se inte så förskräckt ut, min vän, sade abbén. Du står inte här som anklagad. Kommissionen ville bara få tillfälle att se dig personligen, när förhören med den så kallade Magdalenus nu går över i sin nästa fas, som vi kan kalla den intensiva. Fram till nu har vi låtit fången tala som han vill för att Kommissionen skulle få en uppfattning om vad han helst berör – och vad han inte berör alls. Allt snack om framtiden, om båtar som parar sig och annat lappri, kommer vi att arkivera. Dessa, som vi kallar intensiva förhör, kommer att handhas av mäster Zippel som skött den saken åt oss i decennier nu. Hans namn är dig säkert inte obekant. Och du, Ciacco, kommer i fortsättningen att sköta protokollet.

Ingen infödd venetianare kunde ha undgått begreppet mäster Zippel, även om få sett honom. Vespaziano Zippel var kastrat, hade som ung gått långt som sångare utan att nå toppen, insett sin begränsning och sadlat om. Först arbetade han åt Polisen men togs snart i Kyrkans hägn. Om Zippel sade man: Rösten räckte inte – men han är en mästare i att få andra att "sjunga". Zippel kallades också utan närmare förklaring Mannen med kapuschongen.

Sedan Kommissionen avfärdat mig fördes jag genast till Zippel, som befann sig i abbéns kontor där han stod och åt pastej med fingrarna från ett litet fat på skrivbordet. Han måste ha varit bortåt sextio men såg ut som en slängig yngling i kroppen. Till skillnad från de inte särskilt många kastrater eller eunucker jag dittills sett, i verkligheten eller på bild, saknade han helt fetma. Huvudet var litet och kortsnaggat, lemmarna långa och gracila och han var klädd i bjärta färger som man annars bara ser på yngre adelsmän eller bögar. Vad som avslöjade hans ålder var det finrynkiga skinnet. Ögonen var nötbruna och nyfikna. Han hälsade mig med ett glatt flin:

– En ära för en enkel man som jag att få samarbeta med herr mästerstenografen själv!

– Äran är helt på min sida.

Han tog upp fatet och höll fram mot mig, men jag avböjde då jag inte kunde förmå mig äta.

– Jag har förstås läst era protokoll. Mycket ambitiösa. Tro mig, ni kommer att gå långt. Om ni har den rätta lidelsen vill säja – och självtukten. Om jag vore adelsman, vilket jag inte längre strävar efter, skulle jag som valspråk välja Disciplina et cupiditas, tukt och lidelse. Ouppnåeligt naturligtvis: som ung har man svårast med tukten, som gammal tryter lidelsen. Jag pratar för mycket. En god pedagog svarar inte på frågan förrän den är ställd.

Det sista gjorde mig upprörd, precis så brukade min far säja! Själv trodde han säkert att han följde den principen. Men det förmådde han inte i längden, han blev ofta otålig och försökte forcera mig att ställa den fråga han behövde för sitt redan färdigformulerade svar.

– Är det kanske dags att vi bekantar oss med vår klient? sade mäster Zippel. Ja förlåt, ni känner honom redan, men själv har jag bara sett honom genom titthålet i celldörren.

Mäster klappade i händerna och en munk kom in och fick order att hämta Magdalenus. Jag tog fram mina skrivdon och Zippel packade upp sina attiraljer, som jag föredrog att slippa se.

– Innan vår klient anländer skulle jag vilja ta upp ett par saker som kan verka onödigt upphetsande att beröra i hans närvaro. Tortyr är i likhet med matlagning en konservativ konstart. Se på dem som vill kalla sig mina kollegor: de är kvar i medeltiden, använder eld eller vatten, hissar upp folk i taket med hjälp av rep och talja, knäcker ben och vrider ledkulor ur deras socklar. I stället för öppen eld kan de möjligen tänka sig smält talg eller hett socker. Sedan har vi en del halvherrar som har förläst sig på Vesalius anatomiplanscher och älskar att dissekera i tron att klienter avslöjar sina med-brottslingar om man bit för bit förvandlar dem till demon-strationspreparat.

Han tog sig i skrevet och tillade stilla:

– Jag vet vad jag talar om. Själv är jag också konservativ, dels för att jag är konservativ till min natur, dels för att jag inte ser något skäl att ändra en fungerande princip.

Där avbröts vi av munken som återvände med Magdalenus. Zippel gick fram till Magdalenus, bugade, presenterade sig och gav order om att hand- och fotbojor skulle avlägsnas. Munken tvekade men gick till slut med på att göra så, men han utbad sig få stanna i rummet för att lättare kunna bevaka fången.

– Beviljas inte! svarade Zippel genast. Hur tror ni att vi skall kunna göra ett gemensamt arbete av hög klass här om vi inte har lugn och ro?

Munken dröp av och Zippel fortsatte:

– Herr Magdalenus, sätt er här och tillåt mig massera era hand- och fotleder. Om vi skall kunna koncentrera oss får ni inte distraheras av ovidkommande smärta.

Magdalenus satte sig med svårighet och Zippel masserade honom skickligt. De vertikala smärtrynkorna i fångens ansikte slätades ut en efter en.

– Jag skulle också vilja bjuda på ett glas vin, om ni inte har något emot det?

Han hällde upp ur kannan på abbéns skrivbord och höll fram en bägare åt mig och en åt Magdalenus:

– Själv dricker jag inte när jag arbetar, men jag ber herr Ciacco att han tar en klunk, så att ni kan förvissa er om att vinet inte innehåller gift eller påverkande droger.

Jag drack men det utsökta vinet smakade mig som bläck. Magdalenus tömde sitt glas och höll fram för att få påfyllt.

– Nå, *ett* till då...

Sedan Magdalenus tömt sin andra bägare och nekande

184

besvarat frågan om han behövde gå på avträdet, bredde mäster Zippel ut ett tygfodral på skrivbordet, knöt upp och vecklade ut. I fodralet fanns en påse eller huva av finaste sämskskinn – det var alltså därför han kallades Mannen med kapuschongen.

– Ju mer klienten vet, desto bättre går samarbetet. Jag ber er herr Magdalenus känna på kapuschongen. Inget märkvärdigt med den. Lufttät. Den här lilla manicken av elfenben är en ventil och banden nertill skall jag om ett ögonblick demonstrera. Får jag kanske be herr Ciacco att ta på sig kapuschongen?

Med stor tvekan tog jag emot huvan och drog den över huvudet. Jag hörde hur en stol sattes fram bakom mig, hans händer pressade ner mig och mina egna tummar surrades bakom stolsryggen så att jag inte kunde komma åt huvan. Sedan snördes huvans skinnband åt runt halsen – han var mycket noga med att inte knyta för hårt – och jag kände hur han skruvade igen ventilen framför mina läppar. Vad som först drabbade mig var värmen och det förstorade ljudet av mina andetag. Inom någon minut blev det allt svårare och tyngre att andas, mina lungor pumpades upp i bröstkorgen och revbenen värkte. Det fuktiga skinnet smetade nu över läppar och näsöppning, tårarna började rinna och jag slet i händerna för att få dem fria. Det var omöjligt och jag försökte i stället resa mig, men trots att mina fötter inte var surrade förmådde jag inte. All kraft hade runnit ur mina ben. Paniken stegrades våldsamt och jag gjorde ett sista försök att skrika... Så blev jag plötsligt lugn, jag tyckte jag befann mig inne i en blodröd pulserande grotta. Jag kände att huvudet föll framåt samtidigt som jag erfor en intensiv salighet, bilder och röstfragment virvlade upp i mitt huvud och jag brast i skratt...

När jag kom till medvetande låg jag på sidan på golvet fortfarande med tummarna surrade runt stolsryggen. Mäster höll just på att dra av mig huvan. Min högerskuldra dunkade efter fallet. Han släppte mig fri, masserade skuldran och gav mig en klunk vin.

– Låt oss nu analysera vad som hänt, sade Zippel. Var och en som får andningsvägarna tilltäppta grips av panik och försöker bryta sig loss, det vet alla. Men herr Ciacco kanske vill berätta vad som hände sedan?

– Jag såg ett rött sken.. jag hörde röster och såg bilder...

– Precis. Lägg märke till att inga droger påverkat honom, det hade gått lika bra utan vinet, det kan jag försäkra. Ingen vetenskapsman som jag talat med har nöjaktigt kunnat förklara fenomenet. Är det bristen på luft som framkallar det? Eller är det, som jag vill tro, i stället vår egen utandningsluft som påverkar oss, när vi åter drar ner den i lungorna? Tvingas vi svälja våra egna mardrömmar? Den som vistas för länge i kapuschongen kvävs, det har inte minst visats av de klåpare som försökt efterapa min metod. Varje människa tycks ha sin tolerans: en del måste ha ventilen öppen från början, andra påverkas inte alls om inte ventilen hålls helt tillsluten. Har herr Magdalenus några frågor?

Magdalenus tittade trött upp utan att svara, som om hela proceduren tråkat ut honom i stället för att skrämma honom.

– Nog för idag, tack för idag, vi ses i morgon!

Magdalenus fördes bort och Zippel packade åter ner sina attiraljer. Jag hade gripits av en egendomlig hetshunger, jag visste inte om jag ville ha mat eller om jag måste kasta upp.

– Vilken tid i morgon, herr Zippel?

– Så fort vi stigit upp och frukosterat!

Han menade tydligen att jag skulle övernatta på San Giorgio! Jag protesterade, men Zippel hörde knappast på, det var inte hans beslut utan Kommissionens. Snart satt vi på de bägge fältsängar som munkar släpat in och såg dem lägga duk över skrivbordet och förbereda vår kvällsvard.

186

Vespaziano Zippel arbetade mycket systematiskt. Vi steg upp i gryningen, förrättade vår morgonbön, frukosterade och deltog sedan i morgonmässan, medan Magdalenus gjordes i ordning och fördes till abbéns kontor. Vår klient – Zippel använde aldrig ordet fånge – bar inte längre bojor, hans utfodring hade också förbättrats och han hade flyttats till en cell ovan vattenlinjen. Sedan vi hälsat frågade Zippel Magdalenus om han var redo. En fråga som Magdalenus regelmässigt besvarade jakande. Första dagen hade han frågat vad som skulle hända om han sade nej.

– I så fall väntar vi givetvis tills ni säjer ja, blev svaret. Det tycktes finnas hur mycket tid som helst för förhör. Jag hade visserligen aldrig varit närvarande vid förhör under tortyr tidigare, men jag hade tagit för givet att förhörsledaren alltid hade bråttom att så snabbt som möjligt krama ur offren vad de visste. När jag frågade mäster Zippel sade han bara att han fått order att sätta noggrannhet i första rummet, men att han dessutom – och det var en rent privat fundering – hade ett bestämt intryck att Kommissionen ville förhala. Detta kunde ha något att göra med nuntiens intresse för vår klient, men hur det var med den saken tillkom inte oss att närmare spekulera kring.

Sedan vi alltså fått Magdalenus ja på att vi kunde sätta igång packade Zippel upp kapuschongen, band Magdalenus vid stolen och lyfte kapuschongen. Klienten drog nu alltid ett mycket djupt andetag, och Zippel anbringade därefter huvan och knöt till halsbanden. Vi väntade medan det initiala exaltationstillståndet gick över och klienten gled vidare in i ett tillstånd mellan förvirring och koma. Några minuter därefter kom klienten till sans och själva förhöret vidtog. Det var inte möjligt att direkt anbringa kapuschongen igen, utan det krävdes en återhämtningsperiod på cirka en timme. Om man tar hänsyn till gudstjänster och avbrott för mat brukade vi hinna med sju seanser per dag. Vi kunde komma upp i så många som nio, men var klienten förkyld eller hade nersatt kondition av andra orsaker kanske det bara blev ett par tre. Under den timme Magdalenus vilade sig skrev jag ut protokollet och vi jämförde med närmast föregående protokoll. Under en hel dag avhandlades bara en fråga på vilken vi alltså framemot kvällen kunde ha sju svar. Förhören fortsatte alltid tills minst tre protokoll var identiska.

– Inget är så dyrköpt som sanningen, sade Zippel när jag någon gång vågade uttrycka min mening att jag ansåg honom gå för långt.

Om söndagarna hölls inga förhör. Då mottogs vi om förmiddagen av abbé Maranini som hunnit läsa veckans utskrifter och kom med synpunkter på vilka frågor eller kompletteringar som skulle tas upp under kommande vecka. Jag nertecknade alla hans synpunkter, som jag gav till Zippel att lägga till grund för planeringen. Sedan var vi lediga söndag middag men måste vara tillbaka i klostret före midnatt.

Till min förvåning hade livet utanför klostret inte upphört och världen hade inte gått under. Tvärtom fick jag intrycket att man klarade sig alldeles utmärkt utan min medverkan. Min mor saknade mig inte särskilt; hon var nöjd så länge de regelbundna utbetalningarna från herr Mozzi fortsatte. Herr Mozzi var också tills vidare nöjd. Han tyckte visserligen att jag haft en nergångsperiod som författare alldeles innan jag fick mitt kyrkliga uppdrag – om vars rätta natur givetvis ingen utomstående fick upplysas. Men herr Mozzi, som nu kallade sig bokförläggare, var nöjd med den vändning Sannfärdiga bekännelser tagit under hösten.

Bakgrunden till detta var att abbé Maranini personligen intresserat sig för Bekännelserna. När jag första förhörsveckan sökt upp honom för att livligt protestera mot att jag hölls kvar i klostret om nätterna och inte kunde fullfölja mina leveranser till Mozzi, hade han genast lugnat mig. Som han visste allt om mig hade han också läst markisinnans dagbok. Han hade numera lyckats bli hennes biktfar. Men materialet blev allt tunnare, anförtrodde han mig. Och eftersom han inte ville föra mig, sin medförfattare, bakom ljuset, erkände han att han själv hittade på det mesta. Följetongen utspelades för närvarande i Alperna och han tänkte – om jag inte hade något emot det – sedan låta huvudpersonen företa en resa till Levanten. Alla inkomster gick direkt till min mor. Abbén hoppades avslutningsvis att när det blev min tur att återuppta Sannfärdiga bekännelser, dessa inte skulle ha hamnat i en miljö som var mig alltför främmande.

Min syster hade flyttat in i min kammare och saknade mig inte heller. Herr Balabanoff var den enda som fann livet tristare utan mig. Han satt tydligen mest i Wulffs källare och inväntade kallare väder, som skulle ge honom tillbaka lusten att återuppta mätningarna.

Magdalenus hade för tillfället tagit plats vid skrivbordet för att läsa igenom och underteckna slutprotokollet om sin släkttavla, där alla namn på Jesu ättlingar alltifrån flykten till Europa uppräknades. Varje namn följdes av en kort levnadsbeskrivning. För de äldsta uppgick den bara till ett par rader, för de yngre till någon halvsida. De var ofta på vers, då Magdalenus som barn fått lära sig rabbla hela släkthistorien utantill. Zippel som själv var intresserad av versmått – och under en olycklig period av sitt liv också försökt sig på poesi, vilket han anförtrodde sin klient – hade i början anmärkt på tekniska felaktigheter i den brokiga flora versmått som fanns i släkthistorien. Men han hade sedan bett om ursäkt. Även ofullkomligheterna hörde givetvis till sanningen.

Magdalenus farfar, Marianus, hade kommit till Irland som barn sedan han blivit föräldralös. Han hade vuxit upp bland bönder, gift sig tidigt och hängts av en brittisk rekryteringspatrull sedan han vägrat gå i Kronans tjänst. Fadern, Josephus, bara ett barn vid tiden för avrättningen, hade av sin mors släkting, en sjöman, tagits till Spanien där han vuxit upp i gränstrakterna mot Frankrike, blivit medlem i en urgammal religiös underjordisk rörelse, avslöjats och dödats. Magdalenus, som då var i tonåren, hade vandrat till Barcelona och tagit hyra på ett skepp destinerat till Cypern där han sedan tillbringat många år. På återvägen hade fartyget anfallits av pirater utanför Nordafrikas kust och Magdalenus hade hoppat över bord. Vad som sedan hände kom att uppta hela hösten för oss:

190

– Är ni redo att underteckna? frågade Zippel.

Magdalenus tog gåspennan i bläckhornet och undertecknade. Sedan tog han, som han numera alltid gjorde, självmant kapuschongen från bordet, satte den löst över huvudet och gick och satte sig på stolen. Detta kunde han göra helt i blindo. Hans tummar behövde inte surras, men däremot tillläts han inte knyta huvans band själv utan det gjorde Zippel. Under panikstadiet höjdes händerna som i kramp upp i brösthöjd – men inte längre. Zippel, som brukade stå lutad över sin klient för att kunna avlyssna andningen under det att han tog tid med sin kronometer, lossade banden med vänster hand, väntade några sekunder för att sedan hastigt dra av huvan. Magdalenus ansikte, högrött med halvslutna ögon och lite fradga på läpparna, blev synligt. Sedan han återfått medvetandet, berättade han:

– Jag vet inte hur länge jag legat i vattnet, jag var stel av köld och jag hade hallucinationer. Så kände jag hur jag drogs ner i djupet som jag trodde var en virvel eller en undervattensström. Jag förlorade medvetandet. När jag vaknade upp fann jag mig liggande i en trång koj av järn. Någon hade lagt en filt över mig. Jag var naken under filten. Ovanför mig satt en mycket liten lampa som sken stickande och intensivt som en solkatt. När jag försökte se lågan bakom glaset blev jag så bländad att jag måste blunda. Det var varmt och fuktigt, vattendroppar rann utefter de gråmålade plåtväggarna. Hela tiden dunkade och skalv både väggarna och min koj. Ibland hördes ett egendomligt djupt suckande följt av en kall vindil, vilken för några minuter gjorde det en smula lättare att andas.

Jag vet inte hur länge jag hade legat, när den låga dörren vid fotänden – dörren var av den tjockaste plåt jag sett – öppnades och en ung man i grå skjorta och grå byxor klättrade in. Skjortan och byxorna gick i ett stycke som en klänning. Om halsen bar han en blå halsduk av siden. Han hade hel-

191

skägg men skallen var rakad. Han gav mig soppa i en tallrik lätt som trä men med metallens släta yta. Soppan smakade som steksås. Han frågade mig sedan något som jag inte förstod. Han tog mig i armen och ledde mig till ett lågt bås trångt som ett skåp. Därinne fanns en smal bänk med en rund lucka. Det var en klosett och han visade mig hur man måste trampa på en pedal efteråt.

När jag blev starkare började jag klättra omkring i det rum, eller snarare det valv, där jag hölls instängd. Över mig och under mig fanns samma slags britsar som den jag låg i. I taket löpte knippen av järnrör samt en typ av mycket smala böjliga rör i rött, gult, grönt, vitt eller annan klar färg. I taket fanns också en rund lucka försedd med ett hjul. När jag i min klåfingrighet försökte öppna luckan genom att vrida på hjulet ljöd en skarp signal och två gråklädda män trängde sig in i valvet, talade upprört till mig och lyfte mig tillbaka till britsen.

I bortre änden av rummet fanns, som nämnts, klosetten och mitt emot den ett liknande bås med ett halvdussin låsbara lådor. Rummet avslutades med en tjock plåtdörr likadan som den i andra änden. Jag plågades svårt av instängdheten och av att det inte fanns några fönster. Jag förlorade helt känslan för dag och natt, men antog att när det blev längre mellan måltiderna, så måste det vara natt. De unga män som kom med mat var alla vänliga utom den gången jag försökt öppna takluckan.

Sedan jag vistats länge i det lilla valvet fördes jag en dag till ett större rum. Vägen dit gick genom en lång rad större och mindre valv, uppför korta lejdare av järn och genom tunnlar så trånga att man fick ta sig fram på alla fyra. Bullret var bedövande och väggarna skalv. I det stora valvet fanns möbler och en bokhylla av plåt. Flera ilskna små lampor satt i taket. En äldre man, också han med helskägg och med en rund vit mössa på huvudet med två korslagda ankare i förgylld plåt framtill, försökte förhöra mig. Han prövade flera språk innan han yttrade några ord på stapplande spanska. När han märkte att jag förstod spanska tillkallade han en yngre man som talade flytande spanska med lustig accent. För dem berättade jag allt som de ville veta. Det var inte särskilt mycket. Jag fick intrycket att de betraktade mig med visst medlidande. De gav mig också tillfälle att själv ställa frågor. Min första fråga rörde givetvis var jag befann mig. De pekade då skrattande på en skylt under ett litet porträtt – inte tecknat och inte målat – som satt fastskruvat i väggen. Under bilden satt en skylt med texten USS Corpus Christi, vilket inte gjorde mig klokare. Jag upprepade min fråga och den äldre sade något som den yngre genast översatte till spanska: "Mellan Sicilien och Malta." Jag skrattade för jag begrep ingenting. Då skrattade de också och bad mig följa med. Åter fick jag klättra på lejdare och ta mig genom trånga passager. Till slut klev vi alla tre in i en trång låda som hastigt började röra sig uppåt. Lådan stannade och vi klev ur i en smal, intensivt upplyst korridor. Efter att ha klättrat uppför ännu en lejdare stod vi framför en plåtdörr som på ett magiskt sätt gled upp av egen kraft, sedan den yngre pressat in en röd knapp i väggen bredvid. Bakom den första dörren fanns ännu en; den gled upp utan att någon av männen vidrörde den. Jag höll på att kastas baklänges av ljuset och vinden som mötte mig.

Vi befann oss i ett torn av plåt, ovalt till formen och omgärdat av höga blåsvarta plåtsidor. Längs insidorna löpte en smal spång av järngaller. Flera män stod på spången och spanade utåt. Över oss smattrade en flagga som hotade trassla in sig i en skog av metallspröt. Jag fördes upp på den smala spången och greps av en stark svindel när jag upptäckte att tornet vi stod i med hög fart forsade fram genom bränningarna långt under oss.

– Tretton minuter, sade Zippel efter att ha sett på sin kronometer. Vi tar det om igen så fort ni har hämtat er, herr Magdalenus.

Under tredje passet denna dag berättade Magdalenus i sammanfattning följande:

– Då sysslolösheten och instängdheten bekom mig illa frågade mig tolken, vars namn var Jimmy Sanchez, om jag ville börja i köket. Det hade jag ingenting emot, då mycket av min oro hänförde sig till funderingar om framtiden. Jag utgick från att jag var slav och att mitt liv låg helt i de glättiga främlingarnas händer. Men vad skulle ske med mig i nästa hamn? Skulle de då sälja mig vidare eller skulle jag i stället kedjas vid någon av de jättelika åror som jag visserligen aldrig sett, men som ändå måste stå för framdrivningen av skeppet?

Nästa dag, första passet:

– Sedan Josef från Arimatea fört mig till hamnen i Caesarea och vi där stigit ombord i ett skepp tillhörigt köpmannen Manlius, slapp jag för första gången sedan vi lämnade Jerusalem kvinnokläderna. Nu vågade jag också fråga vad som hänt mina föräldrar. På denna fråga erhöll jag inget svar.

Under resan mellan Caesarea och Sicilien, som avverkades på bara fem veckor, anropades vi två gånger. Först av en romersk galär som krävde redovisning av lasten. Romaren fick dock ge upp sina försök att borda oss på grund av den kraftiga sjöhävningen. Köpmannen Manlius lät i stället efter anmaning skjuta över tulldokumenten och en avgift med hjälp av pil och båge; dokumenten återsändes sedan på samma sätt undertecknade.

Andra gången någon försökte borda oss var mitt i natten.

Det rådde stiltje och vi väcktes av att ett mindre skepp försökte lägga ut sina änterhakar utan föregående anrop. Alla män kommenderades på däck för att deltaga i försvaret. Josef fick senare böta för att han inte omedelbart hörsammat mobiliseringen. I stället drog han med mig ner bland kryddbalarna och berättade andtrutet vad som hänt min far efter det att denne lyft ner mig från åsnan utanför Jerusalems murar. Jag frågade efter min mor, men om henne fanns inte tid att berätta. "Du är uppkallad efter konung David på det att dina ättlingar en dag må ta konung Davids tron i besittning", löd svaret han gav mig innan han skyndade upp.

– Snart lärde jag mig några vanliga ord på det officiella språket ombord, som påstods vara engelska trots att skeppet inte kom från England utan från de upproriska kolonierna på andra sidan Atlanten. Jag stekte hamburgare ihop med Carlos från Puerto Rico och Jerry från Hawaii. Vi stod vid ett smalt stekbord med var sin stekspade av stål. Var tredje minut föll tjugofyra platta köttfärstabletter ner från en behållare ovanför stekbordet.

Resten av dagen städade vi och gjorde rent eller grälade med de reparatörer som ständigt kröp omkring i det trånga köket för att laga allt som gick sönder eller inte fungerade som det skulle. Större delen av dygnet var vi emellertid sysslolösa. Jag förstod aldrig varför. Att vara sysslolös var en plåga som jag dittills aldrig smakat på. Men de andra tycktes ha funnit sig i sin lott. De lyssnade på konstgjord musik i lurar som de klämde fast om öronen så att det inte gick att föra samtal med dem, samtidigt som de läste travar med illustrerade djurfabler.

Chef ombord var en herre som titulerades commander och som man sällan såg, utom då vi låg i övervattensläge och commandern satte på sig en särskild dräkt och rusade fram och åter utefter det smala däcket med en frenesi som ville han spränga sitt hjärta. Jag tror han var en djupt olycklig människa, även om han behandlade alla med stor vänlighet. Aldrig såg jag till exempel någon bestraffas. Hur de galärslavar som måste befinna sig i en hemlig del av skeppet behandlades känner jag inte till. Uppenbarligen var de så föraktade att ingen med ett enda ord ville beröra ens deras existens. Men någon gång när jag låg vaken i min koj trodde jag mig uppfatta en fjärran klagan och vinande rapp från en flersvansad katt.

– När vi red genom byn Rennes-de-Chateau råkade vi hamna mitt i bagarnas fest. När vi kom ridande uppför gatan hörde vi deras tåg långt innan det vek runt hörnet vid ostmagasinet. Mitt i folkmassan bar de sitt skyddshelgon. Före helgonbilden gick några pojkar och slog med vispar på tråg så att mjölet rök och man fick intrycket att det bekransade helgonet var insvept i rökelse. Allt som allt var säkert mellan två- och trehundra personer i rörelse, åskådare på tak och i fönster oräknade. Nere i gatan vågade tydligen ingen vistas utom några giktbrutna knektar ur hertigens beväpnade följe.

När processionen hunnit runt hörnet vid magasinet var det för sent för oss att vända. En lärling kastade sig efter tygeln och slet den ur händerna på min far. Han lyfte mig då snabbt från sadelknappen och skrek att jag skulle klänga över till loftgången på magasinet. Därifrån tvingades jag bevittna hur de först drog min far ur sadeln och sedan slog honom till marken med sina slevar och kavlar, slet av honom kläderna och sedan tvingade honom att stappla nedför bygatan förföljd av ett koppel bagare som kastade deg efter honom. Det sista jag såg var hur han försökte klättra upp på smidesgallret över bytorgets brunn, men han halkade i degen och i nästa ögonblick var de alla över honom och tömde sina byttor och tråg.

– I början väckte jag uppmärksamhet var jag kom och tusen frågor ställdes. Vad jag än berättade – om min uppväxt i Spanien, om mina år på Cypern eller om min härkomst – tycktes ingen bli förvånad. Med ett skratt avfärdade de mina berättelser med ett "Marvellous", "Terrific" eller "Isn't it exciting". Jag kunde säja vad som helst utan att förarga eller förnärma någon. Den katolske patern hade aldrig några synpunkter på mina berättelser om den heliga Gral – allt han intresserade sig för var att jag skulle anmäla mig till den danskurs han tänkte starta. Inte mer än ett par dygn stod jag i centrum för intresset. Sedan fick de ett nytt samtalsämne: en delfin hade fastnat i tornet och kirurgerna kämpade nu dag och natt för att hålla den vid liv. Ingen brydde sig längre om vilka valv jag kröp genom eller vilka lejdare jag äntrade.

– Den barske herrn i den stora sammetsbaskern presenterade sig som kompositör. Han bad mig omgående berätta allt jag visste om den heliga Gral. Vilket jag gjorde trots att han hela tiden försökte skynda på mig och tog ordet ur min mun. Mot slutet av berättelsen slog han plötsligt om och bad mig genast hålla tyst mot ett löfte om pengar. Mot de andra i rummet närvarande, sekreteraren och en yngre kvinna som jag antog vara hans hustru, uppförde han sig synnerligen obehärskat. Det slutade med att de blev utkörda.

Nu ville han i stället att vi skulle gå ner till sjön. Där placerade han mig i en roddbåt och tog själv årorna. Sjön som var blanksvart och skrämmande omgavs delvis av snötäckta alptoppar. Både sjön och stränderna gav ett starkt intryck av overklighet. Det var som om vi inte befunnit oss ute i det fria utan tvärtom på en väldig scen med glasgolv.

Jag frågade om han ville att jag skulle fortsätta min berättelse, men det förbjöd han mig på det bestämdaste. Jag skulle inte för någon i fortsättningen få yppa ett ord av det jag anförtrott honom. Om jag det gjorde skulle han egenhändigt dränka mig, röt han ilsket – för att i nästa ögonblick låtsas som om det hela varit ett skämt.

I stället började han nu en lång litania om alla som motarbetade honom: kungen vars öra han inte längre sade sig ha, hovet som fjärmade honom från monarken, och i synnerhet finansministern som han påstod upprättat en komplett förfalskad budget enbart i syfte att lura hans majestät att statsfinanserna stod inför omedelbar bankrutt och att det därför inte fanns en groschen över till nya uppsättningar. Mest upprörd var han emellertid över en viss Giuseppe Verdi, som inte bara var en publikfriare utan som i en tidningsintervju vågat nämna honom, alltså kompositören själv, som sin främste konkurrent.

– Jag lärde mig passera dörrar och schakt utan att signaler eller fladdrande ljus utlöstes. Svårare var de mekaniska speglar kallade bevakningskameror som satt invid alla passager. Men vaktpersonalen brydde sig inte längre om mig. Jag ansågs oförarglig, och om det uppstod diskussion med befälet enades man snabbt om att inte bråka med mig; jag var ju utnämnd till skeppets mascot, en person som ansågs föra lycka med sig.

En kväll tog jag mig in genom en tjock pansardörr med många varningstecken och försedd med fler lås och reglar än jag dittills skådat. Den hade lämnats olåst av ett par reparatörer som gått för att äta. Jag kom in i en katedralhög trång sal upplyst med extremt starka lyktor. Trots att valvet var så smalt uppbars det av dubbla rader mycket kraftiga, runda och helt släta stålkolonner. Så tätt stod de tjocka pelarna att en människa nätt och jämnt kunde gå mellan dem utan att snudda vid plåten. Allt i den kyrkolika salen var skinande blankt och luktade lätt av upphettat damm – men ingenstans syntes minsta dammkorn. Jag pressade örat mot en av stålcylindrarna men inte minsta knäpp hördes. En stark svindel grep mig; jag kände mig liten, liten som en mus som plötsligt finner sig ha hamnat bland piporna i en väldig orgel – och som inser att det enorma bruset kommer att döda honom på fläcken i samma ögonblick piporna börjar ljuda.

Att bo ihop med Vespaziano Zippel var inte helt lätt. Mäster krävde till exempel ytterst litet sömn. Sällan gick han till sängs före midnatt – och att gå till sängs betydde ingalunda att han hade för avsikt att sova. Han brukade ligga någon timme och läsa i Dante, Vergilius eller Tacitus. Framåt ett på natten slog han igen sin bok och ville konversera. Vid det laget hade jag sovit i omgångar i väntan på att han skulle blåsa ut ljuset.

Hans samtalande höll mig inte vaken mer än någon timme, men om jag av någon anledning råkade vakna senare om natten kunde jag höra honom ivrigt inbegripen i någon monolog eller i dialog med sig själv. I början gjorde han sig lustig över att jag helst sov före midnatt, men snart gav han upp och sade:

– Sov bara så fort jag kommit igång. Åhörarens uppmuntran behöver jag enbart i början.

Jag lärde mig följaktligen vakna till när han slog ihop sin bok och ville prata. Med gäspningarna dolda i täcket lyckades jag för det mesta hålla mig vaken någon halvtimme, det vill säja tills han slutade sätta frågetecken efter satserna och övergick till punkt eller utropstecken. Då var min roll slutspelad. Han ville också ha mycket varmt i rummet, vilket besvärade mig som var van att ligga på en oeldad kammare. Men regniga nätter skötte han själv spisen och begärde aldrig att jag skulle passa den.

– Har du tänkt på, Ciacco, hur det skulle kännas att vara könlös som jag?

– Nej...

– Har du funderat över om man kan sakna något man inte upplevt?

– Hmm...

– Jag var både orolig och stolt, när min far gick med på att jag skulle snöpas. Rädd var jag inte om mitt kön men om min röst. Vad skulle hända om kirurgen, som visserligen påstod sig ha gjort ingreppet över tjoget gånger, bara lyckades till hälften? Skulle jag hamna i ett permanentat målbrott? Jag var också mycket smärtkänslig och första försöket fick avbrytas då jag kräktes av spriten. Kirurgen lät då tillkalla en bravo som tog strypgrepp på mig och med tummarna sammanpressade mina halspulsådror så att jag förlorade medvetandet. Det dröjde veckor innan febern gick över och golvet slutade luta. Vi hoppar över min karriär som sångare. Jag var bra men inte bäst. Pengar tjänade jag i massor men aldrig fick jag höra publiken ropa de magiska orden: "Länge leve kniven!" Man kan tycka att den som saknar könsdrift skulle bli en obotlig egocentriker och inte ha minsta intresse av sin omgivning. Helt felaktigt. Visserligen dras jag inte till mäns eller kvinnors kroppar, men jag hyser ett brinnande intresse för deras andliga utförsgåvor. Inget förefaller mig så löjligt som själva könsakten. Det är ingen tillfällighet att helgonen uppträder som om de vore könlösa. Tyvärr gör inte prästerskapet det. Jag kan bara beklaga att kyrkofadern Evagrius aldrig fick gehör för sin propå att alla Kyrkans tjänare utan undantag skulle kastreras. Gud har inget kön, det är en av de egenskaper vi dödliga med säkerhet kan tillskriva Den Allsmäktige. Om Kristus tänker vi inte ens tanken att han någonsin skulle varit besatt av könets lustar. Jag brukar aldrig blanda in personliga känslor i mitt arbete, men jag blev synnerligen upprörd när jag först läste förhörsprotokollen med vår så kallade Magdalenus. Hur kan man bara komma på idén att Kristus skulle ha vidrört en kvinnas kön!

Han som själv är ett resultat av den obefläckade avlelsen...
Sover du?

Och en annan natt:

– Skrivare är väl inget dåligt yrke i och för sig. Men det har åtminstone två klara avigsidor. Den första är teknisk: du kan knappast flytta till Frankrike eller till det allt mäktigare England för att utöva ditt yrke. Endast ett språk skall du till fullo behärska hur mycket du än försöker: det du är född med. Som skrivare kommer du lätt nära din herre. Om din herre är svag börjar han göra pauser i dikterandet och meddela dig saker vid sidan av protokollet, eller om han är mycket oklok börjar han fråga dig till råds. Män i maktens centrum är – tro mig – ohyggligt ensamma. Vem kände bäst Alexander den Stores innersta planer? Den slav som masserade honom! Eller möjligen den kvinna som delade hans bädd en enda natt och sedan aldrig såg honom mer... Eller snarare den *gosse*; gentemot en pojke kan härskaren spela inte enbart älskare utan också far. Du sover du, men annars skulle du ta till ditt hjärta vad jag nu säjer: skrivaren mister ofta huvudet ihop med sin herre. Med mitt yrke förhåller det sig annorlunda. Plågans språk är internationellt. Man skämtar om mig på tavernan, javisst, men jag känner ingen som inte behandlar mig med vördnad när det kommer till ett personligt möte. Också de höga herrarna behandlar mig artigt. Mer än en gång har det hänt att den som först varit min uppdragsgivare genom omständigheterna senare kommit att bli min klient. Det första de då gör är att med vädjan i rösten erinra om vår tidigare relation.

Eller:

– De här förhören slår sig på mitt humör. Innan du somnar borde du fråga varför... Därför att förhöret saknar plan! Vår käre abbé säjer att han vill veta allt. Ingen människa kan någonsin veta allt om någonting. Förmodligen har han förläst sig på encyklopedisterna, dessa insekts- och ordsamlare som tycks tro att när de en vacker dag i en fjärran framtid samlat färdigt skall Skapelsen plötsligt öppna sig för dem och avslöja sin innersta princip. Men världen är ingen uppslagsbok. Varje företeelse som skall undersökas måste undersökaren närma sig med hjälp av en hypotes. Kanske kan han behöva ta några få steg i början innan han formulerar sin preliminära teori – men tar han för många, kommer han snart att trampa hjälplös i cirklar genom en öken av skalbaggar. Vad skulle jag säja till abbé Maranini om han bad mig om råd? Jag skulle säja: jag ger aldrig principiella råd, jag tar fram vad min herre vill veta. Men i mina tankar skulle jag säja: bestäm dig för anklagelsen, välj en som fäller honom, vad det nu är du vill ha honom fälld för, det lägger jag mig inte i – och jag kommer att ge dig precis den bekännelse du behöver. Maranini är ingen dumbom. Att han av vissa skäl tjänar mest på att tills vidare inte utlämna vår klient till Vatikanen är uppenbart. Det finns andra makter än påven... Men mer om det en annan gång. Sov gott!

Som vanligt vaknade jag nästa morgon före Zippel. När jag skulle gå på kärlet upptäckte jag ett par metallföremål på skrivbordet bredvid Zippels vanliga utrustning. Det var en egendomligt formad tång eller pincett med skedformade skänklar stora nog att gripa om ett hönsägg. Dessutom låg där en mycket skarp kniv med böjligt blad, en lansett. Skulle jag väcka honom och ställa honom mot väggen? I stället lovade jag mig själv att jag inte för bråkdelen av ett ögonblick skulle lämna honom ensam med Magdalenus.

Denna dag fick vi avbryta förhören redan efter andra försöket. Genast efter det att huvan dragits av började Magdalenus hacka tänder och tugga fradga.

När han kom till sans igen, och tårarna rann i strömmar, fick han fram:

– Alla dessa bilder som bläddras fram i min skalle... Använd hellre rep och talja, tumskruven eller smörj mig med kokande olja!

Detta yttrande gjorde intryck på Zippel, han visste inte om han skulle visa sig förnärmad eller stolt.

Nästa dag hade Magdalenus hämtat sig och berättade:

– Att färdas i yttre rymden krävde en alldeles särskild teknik. På grund av det enorma avståndet kunde man inte i fysisk mening resa genom universum. Även om människan därute inte åldras i takt med jordtiden skulle hon ändå riskera att hamna i fel tidsfas vid återvändandet och behöva tillbringa fler år än ett människoliv rymmer i tidskarantän för att åter hamna i rätt klockvarv. Flygning genom yttre rymden bygger i stället på att varje cell, varje molekyl, varje atom, ja varje minsta beståndsdel i kroppen kartläggs och positionsbestäms så som astronomerna utforskar himlavalvet. Kartläggningen överfördes till en kod som sedan skickades ut i rymden med en hastighet större än ljusets. Koden sändes samtidigt från tre olika rymdstationer. Där de tre strålarna möttes i yttre rymden återskapades det som legat till grund för koden, det vill säja besättningen och den tunna

205

kapsel av titan som skyddade oss. Vid återfärden utfördes processen omvänt.

– När vi ankrade strax intill den plats där ön enligt beskrivningen skulle ligga syntes intet förutom Sydatlantens öppna hav. Den sjunkande solen färgade vattnet kanariegult. Vi kojade genast efter kvällsvarden för att orka upp i gryningen, som vid denna årstid inträffade strax efter två om natten. Men vi purrades redan halv två samma natt och kallades upp på däck. Stående längs relingen såg vi i det snåla ljuset hur ön långsamt hävde sig ur havet som en uppfluten val i violett och vitt. Ytan som i förstone verkat helt slät visade sig genombruten av ett otal djupa slingrande fåror. Tvärs över den stigande ön löpte en rät mittfåra så djup att den tycktes dela ön i två halvklot. Så fort vi kunde ana första skymten av solskivan i öster gav sir Henry order att vi skulle embarkera barkassen.

Förutom sir Henry själv, kapten Pierce, geologen Mattiesen och doktor Welsh befann sig i barkassen undertecknad plus två matroser. Vi rodde först runt ön. Baksidan visade sig vara lika skrovlig som framsidan. Ön, som nu slutat stiga, liknade på avstånd en jättelik valnöt om man undantar färgen som nu snarast gick i honungsgult med blå skuggor i fåror och fissurer. Ingenstans kunde vi upptäcka någon bra landningsplats. Till slut enades sir Henry och kapten Pierce om att vi skulle gå in frontalt och försöka lägga oss intill den djupa mittfåran som verkade precis så bred att barkassen kunde rymmas.

Inte heller när vi nådde tätt inpå den med jugendslingor mönstrade ön kunde vi se minsta spår av växtlighet eller fågelliv. Den gulgrå ytan verkade fullständigt steril. När den första båtshaken sträcktes mot ön sjönk den till vår förvåning in som om den stuckits i något mjukt, i en vattensäck eller en ballong. Sir Henry tog själv över haken och rände den upprepade gånger mot ytan utan att det gick hål.

Vårt stora problem var nu hur vi skulle lyckas få fäste för våra klätterankare. När en av matroserna kastade det första studsade det tillbaka ut i vattnet. Sir Henry gav då order – trots geologens protester – att harpunkanonen skulle laddas. Han siktade själv och sköt, men harpunen försvann i ett djupt schakt, oturligt nog med sådan fart att linan brast. Han gav då order att vi skulle ta oss in i själva mittrännan. Precis som vi förmodat fick båten precis rum att passera in. Därinne var det skumt som i den djupaste klyfta. Allt längre in gled vi. Om man med handen strök utefter den sidenglänsande ytan kändes den på en gång mjuk och sträv som skinnet på en delfin. Vi var nu så långt in att öppningen bakom oss bara skymtade som en ljus springa i fjärran. Över oss välvde sig inte längre öppen himmel. Vi måste ha glidit in i ett valv eller en tunnel.

I nästa ögonblick skrek en av matroserna att ön tycktes sjunka igen. Med förenade krafter försökte vi nu få tag i den glatta ytan och dra oss bakåt utåt. Men förgäves. Inte heller båtshakarna fick fäste. Inte nog med att ön sjönk – de lodräta väggarna föll mot varandra och båten pressades och skruvades som mellan isblock. Det första spantet sprack med kvitter och knak. Ett mullrande ljud hördes, mörker sänkte sig över oss och vi uppslukades av hjärnöns innandöme.

– Att färdas genom solen var inte, som jag trott, som att tränga igenom en eld. Lågorna och eldstormarna rasade bara på ytan. Ju närmare solens centrum vi kom desto lugnare blev det, ljuset dämpades och färgerna skiftade från glödvitt över koppargrönt till lila. Gasmolnet tunnades sedan ut alltmer och övergick i ett lätt dis som virvlade förbi utanför kapselns pansarglas. Vi var nu närmare kärnan än någon av de tidigare provkapslarna och vi började förstå varför det inte var möjligt att uppfatta omgivningen enbart med hjälp av instrument eller apors hjärnvågor. En stark känsla av högtid grep oss. Känslan var på intet sätt skrämmande men synnerligen intensiv. Det stod klart att vi gled mot ett kraftcentrum behärskat av en himmelsk makt.

Det lätta diset tunnades ut och vi kunde konstatera att solens centrum inte bestod av det tomrum som vetenskapsmännen förutskickat. I stället svävade en planet inne i planeten. Först liknade den en stor vattenblåsa eller en klotrund halvt genomskinlig jättemanet. Men planeten var inte rund utan ytan buktade här och var som om någon därinne försökt sparka sig ut. Dessemellan välvde sig ytan som av andetag.

Vi var nu så nära att himlakroppen fyllde hela vårt synfält. Den enorma blåsan var inte, som vi först uppfattat, tom innanför höljet. Vi kunde skönja skuggor i vitt, violett och rosa. Plötsligt formade sig de diffusa konturerna till en gestalt. Inne i blåsan vilade ett hopkrupet foster med den kantiga oformliga skallen krökt åt vänster, ryggen som en halvmåne åt höger och den krokodillika stjärten svängd upp i den kluvna munnen. I den halvt genomskinliga kroppen kunde man ana hjärtat och levern som mörkare klumpar. Hjärtat pulserade hastigt som på en fågelunge man fångat i handen.

Vi insåg med all önskvärd tydlighet att vi befann oss inför Vår Skapare. Helt stilla låg vi där i vår kapsel och följde andäktigt vad som tilldrog sig bakom hinnorna. Vad vi tvingades konstatera fyllde oss med fasa: fostret växte inte. I stället var det millimeter för millimeter på väg tillbaka i utvecklingen mot allt primitivare stadier. Och med ens stod det klart att han som kallade sig min Fader inom en inte alltför avlägsen framtid kunde krympa och helt försvinna. Varför? Därför att det fattades honom näring. För att Gud skall växa fordras människans godhet.

Sedan detta sista protokoll föredragits, hördes inte ett ljud från det heliga Ämbetets medlemmar. Ingen kom sig för med att avskeda mig där jag stod med mina papper i darrande händer. Till slut bugade jag kort för alla de höga herrarna inklusive nuntien och hans följe. Innan jag satte mig bugade jag också för den störste av dem alla, Magdalenus, som stod i de anklagades träbur iklädd gul skjorta och kättarens toppmössa av papper.

Till slut slet sig abbé Maranini ur sin förlamning och sökte stöd från de betryckta teologerna och Kommissionens generade lekmän.

– En fråga direkt till den anklagade, sade abbén och jag skrev: Ni hamnade på Punta della Doganas gyllene klot den där natten för att ett misstag gjordes i någon av rymdstationerna när ni skulle kodas tillbaka?

Magdalenus lyfte sitt huvud och såg road på abbén:

– Varför söka en så rationalistisk förklaring, herr abbé? Är det ingen av de högt ärade medlemmarna av det heliga Ämbetet som tror på under?

Jag hade sista nätterna inte vågat somna ifrån Vespaziano Zippel. Under själva förhören hade han hittills inte haft någon möjlighet att närma sig Magdalenus med sin vidriga tång – men vad hindrade honom från att smyga upp om natten och ta sig in i Magdalenus cell? Sömnbristen gjorde att jag sov som en medvetslös, när jag brutalt väcktes av att någon höll för min mun med ena handen och med andra handens tumme och pekfinger klämde till näsborrarna på mig. Det var mörkt i rummet och jag började kämpa för att få luft. Ett ansikte, en vag blek skugga utan anletsdrag, böjde sig över mig och viskade:

– Lugn, herr Ciacco, bara lugn...

På rösten kände jag igen en av de munkar som brukade hämta Magdalenus. Han drog varsamt upp mig ur bädden och bad mig följa med. Zippel låg helt orörlig borta i sin säng, vilket mycket förvånade mig, då han inte bara sov ovanligt litet utan också var lättväckt som en vakthund. Munken förde mig ut till en liten paviljong i parken. Ett stilla vårregn föll och dofterna var så starka att de nästan fick mig att hosta.

I paviljongen satt abbé Maranini, kliade sina handflator och drack kaffe. Han avfärdade munken, bjöd mig en kopp av den heta drycken, gick sedan ett varv runt den åttkantiga paviljongen och slog lätt mot draperierna som för att förvissa sig om att ingen dolde sig där.

– Har domen fallit? frågade jag.

– Ja.

– Kommer han att utlämnas?

– Han kommer att utlämnas.

– När?

– I gryningen.

Vi drack vårt kaffe utan att säja något. Jag visste inte vad klockan var, men det kunde vara högst ett par timmar till gryningen.

– Utgångsläget var hopplöst, sade abbén så småningom. Ingen kunde som bekant hindra Giordano Brunos utlämning. Och Brunos kätteri hade inte på långt när samma dignitet som detta. Bruno ifrågasatte världsbilden – Magdalenus ifrågasätter gudsbilden. Bruno tvingades bestiga bålet...

– Och Magdalenus?

– Vi lever trots allt i en modern tid. Fast med tanke på brottet kanske de inte nöjer sig med att strangulera honom.

Jag vet inte var jag fick mitt mod ifrån – kanske slapp det bara ur mig.

– Men Bruno hade *rätt*.

– Det visade sig att han hade rätt. Precis som Galilei, precis som Kopernicus, precis som...

– Magdalenus?!

– Det vågar jag inte utesluta.

– Vilket skulle betyda att Kyrkan gång på gång gör om samma misstag och bränner den som kättare som i själva verket är en föregångsman!

– Ja och nej, min son. Världen är inte så enkel.

– Men både Bruno och Kyrkan kan inte ha haft rätt! nästan skrek jag, vilket första gången denna natt fick honom att se med ogillande på mig. Jag satte genast handen för munnen för att visa att jag tänkte tala lågt i fortsättningen.

– Det samtal vi nu för med varandra är nog för att ställa oss bägge inför det heliga Ämbetet.

– Ursäkta... Men var nu så vänlig och förklara för mig hur *både* Kyrkan och Bruno samtidigt kunde ha rätt.

– Nå kanske inte precis samtidigt, låt oss säja att Bruno var litet före sin tid.

– Hade Bruno rätt, eller hade han fel?!

– I så enkla kategorier resonerar en ung man, Ciacco. Du har ungdomens hela obarmhärtighet. Jag skulle vilja uttrycka problemet så här: vi utgår ifrån att det finns en enda sann världsförklaring; men ponera nu att det inte är så...

– Världen kan inte se ut på flera olika sätt på en och samma gång!

– Den aristoteliska logiken tillåter oss inte att påstå så, det är riktigt.

– Vill ni påstå att Aristoteles hade fel?!

– Det är mycket möjligt att han hade. Å andra sidan går det utmärkt väl att förklara vårt problem, utan att rubba Aristoteles.

– Nämligen?

– Nämligen om vi antar att verkligheten är föränderlig. På 1200-talet trodde våra resenärer, bland annat bröderna Polo, att jorden var platt. Men redan i antiken visste man att hon var rund. Före Kopernicus trodde man att jorden var universums centrum, nu vet vi att det är solen. I framtiden kanske det visar sig att det inte ens är solen. Kanske har universum inget centrum alls. Och hur förklarar vi det? Tänk efter: antag att de alla hade rätt, bröderna Polo, Kopernicus, Bruno och, även om jag känslomässigt inte kan acceptera det, Magdalenus. Med andra ord *var* jorden platt på medeltiden, efter att under antiken ha varit rund. Rund, platt... och så rund igen. Kanske har Skaparen fram till nu varit en gammal, vis allhärskare. Och nu, eller snarare i den obestämda framtid Magdalenus beskriver, *är* Skaparen ett krympande foster på väg att utplånas därför att godheten hos människan minskar. Vi har vår Guds fortsatta existens i våra händer.

– Och därför måste Magdalenus dö?

– Nej.

212

– Nej?!
– Varför skulle Kyrkan göra om samma misstag som med Bruno?
– Ni kan inte sätta er över Inkvisitionens beslut, herr abbé!
– Du kan.
– *Jag?*
– Om jag ger dig en smula hjälp på traven.
– *Aldrig!*
– Hör på min son: jag har bett dig komma hit i natt för att tala om för dig att du har möjlighet att ta med dig Magdalenus härifrån. Jag ser till att ingen hindrar er, förutsatt att ni ger er iväg före gryningen.
– De kommer att jaga oss som råttor! Och de kommer att misstänka er!
– Säkert. Därför kommer också jag att lämna San Giorgio i natt. Säkert kommer de att jaga oss. Men du är infödd här, du känner gränderna, prången, valven och de hemliga vattenvägarna bättre än Roms hantlangare. Och jag? Jag försvinner i den klerikala labyrinten.
– Förr eller senare hittar de oss! Förr eller senare står vi inför en förbindligt leende mäster Zippel!
– Verkligheten förändras, unge vän. Idag regerar dogen och påven. Förr än du anar regerar jakobinerna och jakobinerna är ateister.
– Betyder det att när jakobinerna regerar, så finns inte Gud?
– Du är läraktig. Skynda nu: du har mindre än en timme på dig! Och... vänta!... glöm inte dina protokoll!
Vad hade hänt om jag hade nekat? När jag återvände till rummet där Zippel och jag hade våra sängar blev min fråga besvarad på det mest fruktansvärda sätt: jag smög in i kontoret för att ta mina papper och kände då omedelbart en främmande doft. Lukten var svag men omisskännlig. Det luktade

urin och avföring. Jag blev stående fullkomligt stilla och höll andan. När jag lyssnade i mörkret slog det mig att jag inte hörde minsta ljud från Zippels bädd. På tå närmade jag mig Zippel. Hans andetag hördes inte nu heller men faeceslukten blev starkare. Jag stannade upp. Mitt förnuft sade mig att jag fortast möjligt borde lämna detta rum. I stället gick jag fram till bädden och vek filten från Zippels överkropp. I gryningsljuset kunde jag se hur hans huvud var långt omfångsrikare än vanligt. Jag sträckte fram fingrarna – men drog dem omedelbart tillbaka. Vespaziano Zippel låg död strypt i sin egen sämskskinnskapuschong.

Vi lämnade klostret genom södra porten. Det rådde extremt lågvatten och vi kunde inte ro mot Giudecca, då vägen dit var spärrad av rader med nät och ryssjor. I stället höll jag åt vänster för att ro runt San Giorgio på utsidan. I morgondiset låg vattnet blankt som vattrat silke och den bakom Lido uppstigande solen bländade mig först, så att jag inte upptäckte faran: det var inte fritt vatten som bredde ut sig framför oss. Det var havsbottnens släta, skinande lera. Det var för sent att vända. Snart hejdade slammet vår flata eka och vi blev sittande uppvaktade av några skränande trutar. Jag skuggade ögonen och lyckades urskilja vattenlinjen som långsamt drog sig undan så att lerfältet vidgades. Det skulle dröja många timmar innan ebben vände i flod. Intill båten kämpade stora och små krabbor i samma situation som vi. Ännu hade de kraft att kravla men de visste inte åt vilket håll det fria vattnet fanns. Litet längre bort glänste en död bläckfisk som en tappad damhandske. Och där satt vi lika lättupptäckta som två flugor på en spegel.

Jag lade upp årorna, drog av skor och strumpor och klev ur; omedelbart sjönk jag till knäna i slammet.

– Ta på skorna igen, sade Magdalenus.

Med hans hjälp hävde jag mig upp i båten och drog med vämjelse skorna på mina slippriga, stinkande fötter. När jag försiktigt ånyo sänkte mig över relingen sjönk jag bara hälften så djupt men det var nästan omöjligt att lyfta fötterna ur dyn. Magdalenus ville också kliva ur och hjälpa till att dra båten mot öppet vatten, men jag hejdade honom. Även om

han inte utsatts för någon grövre fysisk misshandel och inte
svultit var han mycket svag och framför allt ostadig. Han
hade betett sig som en sjösjuk redan innan han klev i båten.
Min ena sko fastnade djupt nere i sörjan och jag fick inte upp
den utan tvingades lirka ur foten och offra skon. Det gick litet
lättare sedan jag lagt min jacka framför mig. På den tog jag
ett par pösande kliv, stannade, drog av mig byxorna, bredde
ut dem framför, klev, tog jackan och lade framför byxorna
och så vidare. Det grunda, breda spår som bildades efter bå-
ten vattenfylldes och tusen småkrabbor började kämpa om
att först nå dit, bara för att åter fångas när leran höjde sig.
Det var som att röra sig i en lös deg gjord inte på mjöl utan
på sot.
Åt alla håll syntes svarta bottenfläckar höja sig ur lagu-
nen. Långt nere vid Malamocco skymtade ett par latinsegel,
för övrigt syntes inte ett liv – vilket mycket förvånade mig.
Vid ebb brukade fiskarbefolkningen ge sig ut med stora kor-
gar och plocka skaldjur. Antingen satt de kvar i båtarna med
sina håvar eller också klev de ur utrustade med ett slags flata
korgskor som hindrade dem att sjunka i dyn.
Plötsligt bröts tystnaden av ett kanonskott borta från for-
tet och en vit rökboll drev iväg i morgonbrisen. Men jag fäste
mig inte vid det, det var så vanligt med saluter.
Jag skar mig på en trasig flaska och fick ge upp. Vi lade oss
ner på durken i hopp om att eventuella förföljare skulle tro
att båten var tom. Majsolen steg, Magdalenus sov sin vana
trogen och mina leriga kläder började torka till grått pansar.
Plötsligt hörde jag röster. Först låg jag alldeles stilla men
kunde sedan inte låta bli att försiktigt kika över relingen.
Som vanligt på havet stämde rösternas styrka inte med av-
ståndet: mycket långt borta syntes några små figurer staka in
mot San Marco i en flat båt. De verkade inte ägna oss någon
som helst uppmärksamhet. Jag lade mig ner igen, somnade –
och vaknade ånyo av röster. Denna gång såg jag samma båt

216

med frenesi stakas i motsatt riktning. Jag tittade på solen: jag hade sovit tre fyra timmar... Var fanns alla människor? Det var mitt på förmiddagen och lagunen låg i det närmaste död! Det hade börjat blåsa. Vindilar ven över leran och krusade den som vatten. En och annan krabba som just höll på att vända sig greps av vinden, slets iväg, rullade som ett ekerhjul en bit för att sedan åter sugas fast i leran. Saltskum och lös tång kom farande i ryck och slingor. Latinseglen som jag först upptäckt nere vid Malamoccoporten låg nu uppe söder om Giudecca. I Canale Orfano syntes flera låga skepp på linje – det måste vara örlogsmän! Vinden pressade nu vattnet åter i en falsk flod och vågor började brytas över lersmeten. Solen hade en kraftig korona, vilket gjorde att själva solklotet kom att likna ett svart, snurrande hål. Blåsten fick tag i ekan och riste den, i nästa ögonblick trodde jag vi skulle välta över ända. För mitt inre såg jag hur vi hamnade under en upp och nervänd eka och sjönk i dyn inne i en kolsvart kupa.

Den flata båten återvände mot San Marco; det gick betydligt snabbare nu då den inte behövde stakas utan kunde ros. Tunna vattenskikt nådde oss i omgångar, vår eka drev ett par steg med kulingen för att sedan åter stranda. Själv var jag nu nära panik medan Magdalenus sov tryggt på durken. Det lugnade mig något, även om jag inte förstod hur någon människa – om han nu var en människa – kunde vila under dessa omständigheter.

Plötsligt greps vi av en vattenarm och sköljdes med ut i en av de muddrade kanalarmar som man inte kunde se förrän man låg mitt i den. Jag fick ut årorna och började kämpa mot stormen för att inte driva tillbaka mot San Giorgio. Ännu en lång svart båt kom roende i den större kanalen. Den drejade bi och inväntade en mindre båt som med hög fart kom från San Marco. Jag hade att välja på att antingen driva mot San Giorgio eller ro mot båtarna. Jag valde det senare

217

sedan jag lyckats identifiera Marinens flagga i aktern på den ena. Det var ju Kyrkan som jagade oss, inte Marinen.

När vi var på kabellängds avstånd grep en stormvind ekan och vi slog runt. Själv kom jag snabbt upp till ytan; jag prisade min far som tvingat mig att trots grannarnas hån lära mig simma. Var fanns Magdalenus? Låg han kvar under den stjälpta båten – eller hade han helt sonika sjunkit? Jag hade inget val annat än att skrika på hjälp. Jag skrek, viftade och fick den ena leriga kallsupen efter den andra. Slutligen uppmärksammades min nöd och Marinens båt rodde ner mot oss. Magdalenus hade hållit sig fast i ekan på den sida som var vänd från mig. Vi blev bägge dragna ombord och fick några rejäla skopor ovett för att vi fördröjt dem. Vilka vi var brydde de sig inte om.

Vi fick vackert följa med när örlogsmannen vände ner mot Malamocco. När vi passerade Poveglia blev två fregatter synliga som legat gömda söder om ön. Den ena fregatten förde amiralstecken och på den togs vi ombord. Ingen hade tid med oss. Vi blev stående på däck, bägge genomblöta, jag därtill lerig och halvnaken. På däck fanns ett flertal högre officerare, inte bara från Marinen utan jag kände också igen flera landmilitärer. Där låg också mängder med gods travat på däck, mest finare småmöbler, kandelabrar, äkta mattor, speglar och oljemålningar som om skeppet varit en ambulerande pantbank eller just räddat aristokratins husgeråd ur ett övertänt palats. Mitt i röran fick jag syn på Bellincion Berti som stod och svor över en upprullad karta. Jag började genast försöka forcera hopen av upprörda eller uppgivna officerare som omgav honom.

– Amiral Berti! hann jag skrika innan jag knuffades i däck av en soldat i vakten.

Turligt nog lyfte han blicken och hann få en skymt av mig innan jag slogs omkull.

– Grisen Cappiello – vad i helvete gör du här?!

De andra ville fösa undan mig, flera stod tydligen i kö för att byta ett ord med amiralen, men han vinkade ändå till mig att komma fram.

– Kommer du från Rialto? Håller befolkningen sig lugn?

Jag berättade snabbt hur jag flytt med Magdalenus från klostret på San Giorgio. Upplysningen om Magdalenus gjorde inget som helst intryck på honom. Sedan han förstått att jag var helt okunnig om vad som tilldrog sig i staden gav han mig en kort resumé:

– Fransmännen förbereder sig att ta över Venedig. Jag fick just meddelandet att vår regering genom omröstning avskaffat sig själv! Adeln flyr med sitt pick och pack. Man rapporterar att vanligt folk vill göra motstånd, att man ropar "Marco, Marco!" från kampanilerna. Men myndigheterna vägrar och tänker i stället rulla ut röda mattan för Bonaparte. Själv avsattes jag för tre dygn sedan. Jag lät beskjuta fransmännen från Lago di Garda när de passerade med artilleri och tross; de iddes inte ens besvara elden!

– Och Flottan, herr amiral?

– Flottan ligger vid Korfu. Befälhavaren, högvälborne Carlo Aurelio Widman, vänder ryggen till och vägrar ha med mig att göra.

Bellincion Berti lade en föraktfull loska på däck och skrek efter sin sekond. Sedan sade han till mig:

– Jag tänker hålla portarna till lagunen öppna så att Flottan kan segla in så fort Hans Velighet Widman får mod att bestämma sig!

Tillsammans med några andra som också ville återvända till staden blev vi landsatta på Giudecca. Här märktes inga spår av något krig. Livet, som på Giudecca alltid haft en sävligare puls än på de centrala öarna, gick sin gilla gång. Fiskarna satt i långa rader längs inre kajen och lagade nät. Bönderna på södra delen gödslade åkerlapparna med tång och i fruktträdgårdarna snöade fruktblom i vitt och rosa. För att nå vedhandlare Wulff, den enda person jag kände på ön, måste man passera de dammar där innevånarna höll ankor i vidjeburar ovan vatten och karp i burar under.

Vedhandlaren befann sig inte i sitt hus utan på skeppskyrkogården. Jag lämnade Magdalenus, som fortfarande var i dålig kondition, på en liten taverna vid fängelset och gav mig ut på skeppskyrkogården. Giudeccas sydvästra udde hade aldrig dikats ut och bestod därför av lösa sandbankar, vass och starrgräs. Grunda vikar, som växlade kontur med tidvatten och vind, trängde in bland sandrevlarna. I detta platta landskap låg lämningar av skepp i alla storlekar och olika stadier av förruttnelse, somliga med bara några årtionden på nacken, de äldsta svartnade koggar från medeltiden. Vedhandlare Wulff hade koncession på mer än halva skeppskyrkogården. För att kunna hålla uppsikt över sina domäner hade han låtit uppföra ett trätorn åt sig med en liten holk högst uppe. Där satt han sommar som vinter, beskådande sina domäner med tub, och röt sina order i megafon. Stegar ledde i sektioner, ungefär som i ett kyrktorn, upp mot holken. En liten skylt förkunnade att ingen fick klättra upp som inte först dragit i klocksträngen och fått svar från megafonen. Jag drog i strängen, hörde ett sprött plingande högt däruppe och såg i nästa ögonblick en lång, mässingsglänsande tub riktas ner mot mig.

– Vem där? vrålade sedan megafonen.

Jag satte händerna kring munnen och skrek mitt namn.

– Känner jag inte! svarade megafonen.

För att ge honom en ledtråd ropade jag tillbaka:

– Mama Rosa!

– Välkommen upp!

Redan på första stegen greps jag av svindel men bet ihop tänderna, lät bli att titta ner och fortsatte trots intensiva ilningar i ryggslut och pung. Herr Wulff sträckte ner en mager hand och hjälpte mig upp genom holkens golvhål. Utsikten däruppifrån var magnifik. Man såg inte bara hela Giudecca och San Giorgio. Tvärsöver Rialto såg man, och utan kikare kunde man till och med urskilja Tana och Arsenalen.

– Vi saknade dig i januari när bror min fyllde sjuttioett! var hans första replik. Fast Mama Rosa saknade dig inte. Hon påstod att du hade chikanerat hennes flickor sist du visade dig där.

– Har fransmännen besatt San Marco?

– Fransmännen?

– Jag blev just ilandsatt av Flottan. Signorian har gett upp, dogen Ludovico Manin har röstat bort sin egen barett!

– Här ute bryr vi oss inte så mycket om politik. Men när du säjer det verkar det vara ovanligt livligt borta på Molo.

Vedhandlaren lyfte sin kikare, balanserade den mot räcket och riktade den mot det rosa dogepalatset. Sedan gav han mig tuben. Det tog en stund innan jag såg något. Bilden virrade och darrade och ett slag såg jag bara mina egna ögonhår. Plötsligt blev titthålet skarpt, jag kunde se ut över Piazzettan med en skärpa som om jag befunnit mig i masten på ett skepp inne i bassängen. Vid kajen låg pråmar i dubbla rader och soldater i blå rockar och vita byxor marscherade i täta, snörräta led från pråmarna och försvann i flerdubbla led bakom knuten på biblioteket. Under ett av de gotiska fönstren på palatsets sydfasad hängde en stor trikolor. Det var alltså sant!

– Och vad förskaffar mig den äran? sade vedhandlaren sedan han återtagit tuben för att kontrollera några arbetare som tydligen slöat till i sågandet därnere.

– Jag har en följeslagare som skulle behöva bostad för några dagar. Mot betalning givetvis.

– Jag frågar inte om det är en filur som har rymt från sitt eget bröllop eller en seminarist som relegerats på grund av otuktigt leverne. Mot betalning, sade du? En vecka kan han få stanna, sedan måste jag underrätta capon att vi har en inneboende.

Vi gjorde upp och han fick sin hyra i förskott. Just som jag skulle klättra ner flinade han till, hejdade mig och drog sedan upp ett gevär.

– Titta på det där gamla sega skrovet...

Jag tog tveksamt kikaren och gjorde som han sagt: i det darrande titthålet såg jag ett par mulatter och en snedögd trashank i solkig turban stå och parlamentera vid en enorm såg som tydligen fastnat i ett spant. Ett skott slog lock för mina öron och ett skarpt pling hördes när kulan rikoschetterade i sågens klinga. Männen där nere kastade sig först till marken, men störtade omedelbart upp och började slita i sågen av alla krafter.

När jag återvände till den lilla tavernan satt Magdalenus i en krets av dagdrivare och berättade någon av sina otaliga historier. Det blev mycket gny när jag avbröt och bad honom komma ut på gatan. Innan jag hann meddela nyheten att logi var ordnat för en vecka sade Magdalenus:

– Nu skall du föra mig till palazzo Leofanti, där jag tänker slå mig ner!

Mina protester fastnade i halsen – så gjorde också mina frågor: hur i all sin dar visste Magdalenus något om palazzo Leofanti? Vi begav oss genast till Santa Eufemia, där vi steg ombord på en färja destinerad till Rialto. I Canale della Giudecca flöt trafiken lika lojt som vanligt: samma vedskutor, vinpråmar och fiskebåtar som andra dagar. Enda tecknet på franskt maktövertagande var två flottar med boskap som vaktades av en soldat med trikolorkokard. På ena flotten trängdes oxar med sammansurrade horn, på den andra låg levande får bundna och travade tätt som bomullsbalar.

Jag vågade inte närma mig palazzo Leofanti förrän efter mörkrets inbrott. När jag nådde torget, hållande Magdalenus i handen för att inte förlora honom i de mörka gränderna, var huset upplyst med kandelabrar, porten stod på glänt och tonerna från en dans, en salterello, hördes lång väg. Vid porten stod en underofficer med silvergaloner, förmodligen en kalfaktor eller sergeant, och drack med två soldater som ställt ifrån sig de långa bajonettförsedda gevären mot väggen. Jag drog in Magdalenus i skuggan och väntade. Jag hade varnat honom för palatset, då jag inte kunde lämna några som helst garantier för vad som där pågick, men han hade insisterat och sagt sig vara väntad. Porten slogs upp på vid gavel och en bred ljusgata föll över det lilla torget som en utfälld vindbrygga. Soldaterna ryckte åt sig sina gevär och underofficeren ställde sig i givakt.

I motljuset såg jag som klippt ur sotat papper herr Tristáns spattiga silhuett. Han bugade och fjäskade för att i nästa ögonblick bli undanträngd av en lång, kraftigt berusad herre i höga stövlar, revbensbroderad jacka, glittrande guldepåletter och en kroksabel i så långt koppel att vapnet skramlade mot stenläggningen.

– Mon colonel, mon colonel... fjäskade den lille miniatyrmålaren men fick som svar endast ett gapflabb.

Översten fick sabeln på tvären och skulle ha fallit om inte underofficeren med stor snabbhet ingripit. Hans herre stod och vajade ett slag och slog sig sedan fri. Mödosamt började han knäppa upp byxlappen och strax hördes ett hästskval över torget. Vi tog tillfället i akt och tassade tillbaka in i gränden i hopp att våra steg skulle dränkas av det forsande ljudet.

Vi tog oss runt till herr Bazanis hus och lånade dennes båt. Jag räknade med att den nyfikne Bazani höll till på taket för att få god insyn i palatsets förlustelser. Årorna hade han förstås låst in, men då avståndet var så kort paddlade vi med händerna över till palatsets sjöport. Gallret var inte nerfällt och vi gled in i valvet. I järnkrampan satt en fackla som ännu glödde. Valvet var tomt förutom familjens gondol vilken som vanligt låg fastgjord mellan de randiga pålarna. Vi klev upp på kajtrappan och jag tog den falnande facklan. Vi stannade och lyssnade. Dunsar från en dans högt däruppe hördes – eller snarare kändes – ända hit ner. Men det var ett annat ljud som fångade mitt intresse: långa snarkningar som mynnade ut i muttrande småprat innan nästa timmerstock drog igång.

Snarkningarna kom från det magasin som låg bredvid båtvalvet och där fattiga människor hyrde in sig om vintern. Jag stack in facklan genom den trånga ingången och fick i stället syn på en bekant. I en trasig stol med mossiga och av fukt sönderfallande ben satt gamle Benedetto och sov mot en säck halm som extra stoppning. Jag visste att han inte kunde sova liggande då sura uppstötningar gav honom mardrömmar.

Vi klev in och satte oss på en trave åror som låg på golvet. Jag ruskade försiktigt på Benedetto, som vaknade och genast kände igen mig.

– Herr Ciacco! Om ni visste vad ni är efterlängtad.

– Av markisinnan? frågade jag idiotiskt.

– Säkert inte av *kurtisanen*, men av markisen – och av mig!

– Men varför sitter du här nere i fukten och kylan?

– Den där skatan Tristán har avskedat mig! Ni skulle bara veta hur det går till här numera. Tills igår horade kurtisanen med Venedigs aristokrater, sedan i morse säljer hon sig till uppkomlingarna från Paris. Och min stackars markis...

Här brast gamle Benedetto i tårar och måste snyta sig innan han fortsatte sin redogörelse: markis Leofanti låg förlamad på sin kammare och förmådde numera bara hjälpligt röra huvudet och ena handen. Att få honom till ridotton gick inte för sig under några omständigheter. Benedetto hade själv försökt få dit honom i bärstol och herr Tristán hade hotat den sjuke med kurtisanens kärlekspiska – allt förgäves! Nu väntade alla på att han skulle dö. Pengarna hade tagit slut, smyckena också liksom de turkiska mattorna. Sedan herr Zeno och andra finare bekanta slutat besöka henne hade markisinnan, alltså kurtisanen, börjat ta betalt för sina tjänster i kontanter. Nya smycken hade inköpts liksom nya mattor – många sålde billigt i dessa dagar – men palatset kunde inte längre betraktas som ett hem. Benedetto hade körts ner i källaren och hovmästarens plats hade intagits av en av Tristáns vackra gossar, en drul från Apulien som inte ens visste hur man serverade soppa. Herr Tristán skötte kommersen och drog sig inte för att närma sig utländska herrar med direkta anbud. Vi skulle bara se väntrummet! I dag franska staben, i förrgår brittiska ambassaden på sin avskedsrunda. En dalmatisk greve kom så gott som dagligen, en marrano som handlade med skinn, en tysk silversmed, ja till och med otrogna muselmaner hade tagits emot. Och en bekant till mig, den gamle prokuristen Wulff, hade låtit sig hjälpas uppför trappan härförleden men hade blivit tvungen avlägsna sig igen på grund av en elak hostattack.

– Nu, Benedetto, skall du föra mig till markisen, sade Magdalenus.

Vi stirrade bägge häpna på honom men kom oss inte för att protestera.

Uppe i palatset tog ingen notis om oss. Herr Tristán och nye hovmästaren var i hallen och parlamenterade med två glada herrar i fältläkaruniform, markisinnan syntes förstås inte till och i trappan upp till markisens rum satt några trötta dansare och åt bröd och ost. Benedetto haltade in till sin herre och tände ett par ljus. Markisen låg i ett berg av kuddar ovanpå den smala sängen. Höger hand och fot släpade i golvet. Med darrande bengul vänsterhand krafsade han sig långsamt över pannan, vars ena halva var slät som en barnrumpa medan den andra var skrynklig som ett russin. Ångesten flammade ur de blåsvarta ögonen, men han lugnade sig något när Benedetto tog den släpande handen, vars rygg var svullen som en uppblött bulle, och kysste den.

Magdalenus drog av sig rocken och hängde den över stolen vid skrivbordet.

– Här skall jag bo. Var snäll och hämta upp en madrass. Säng behöver jag ingen.

Benedetto lufsade ut. Jag försökte få Magdalenus att ta reson. Även om Kyrkans spioner kanske hade annat att göra nu under jakobinernas välde än att biträda Inkvisitionen, måste Magdalenus räkna med att herr Tristán eller varför inte nye hovmästaren gladeligen skulle ange honom.

– Bekymra dig inte för mig, min vän. Det är bestämt att jag skall stanna här. Detta är ingen vilddjurskula och ingen kommer att röra mig – än. Jag har uppgifter åt er alla. Inte minst åt dig, Ciacco. Jag tror du kommer att bli en förträfflig lärare. Och jag tror markisinnan kommer att behöva ditt hängivna stöd. Precis som markisen behöver mitt. Detta hus skall inte längre vara ett föraktat hus.

Jag började bli trött och hade svårt att dela hans obekymrade inställning. Men jag orkade inte säja emot honom. Benedetto kom in med en bricka bröd och vin och vi lät oss väl smaka medan han hämtade madrassen. Sedan satt vi och tittade på hur Benedetto matade sin herre med bröd uppblött i vin. Jag gäspade och började tänka på att själv gå till sängs.

– Du kan gå hem till dig nu, sade Magdalenus. Jag behöver dig inte förrän i morgon.

– Jag hade så när glömt... sade Benedetto och torkade markisen med en serviett: Herr Ciacco, jag ber att få framföra mina hjärtligaste gratulationer!

– För vad?

– Med anledning av bröllopet naturligtvis.

– Vilket bröllop?

– Känner han inte till att hans fru mor så sent som i förra veckan gick i brudstol med den där Balla... Balla... novitj?

Omtumlad lämnade jag palazzo Leofanti. Vart skulle jag ta vägen? Hem kunde jag inte förmå mig gå. Rialto låg tyst och mörk och jag promenerade i timmar utan att stöta på en människa. Plötsligt fann jag mig stå utanför maskmakarens hus. Där härskade samma gravens tystnad som annorstädes i San Pantaleone, men det fladdrande skenet från ett ensamt ljus skymtade från verkstaden. Jag sköt upp dörren och klev på.

Jag hade väntat mig stöta på maskmakaren själv eller möjligen Jacopo i verkstaden vid denna sena timme. I stället fann jag Jacopos mor, donna Clara, sitta och sticka.

– Jag kände igen dig på stegen, Ciacco!

Jag gick fram och kysste hennes hand:

– Varför uppe mitt i natten, donna Clara. Har ni sorg i huset?

– Sorg har vi, men inte av det vanliga slaget.

Det visade sig att hon satt uppe i väntan på sina döttrar som i sällskap med ett par gesäller begivit sig till San Marco. Det var Jacopo hon sörjde. I månader nu hade han suttit på sitt rum, nästan inte ätit alls och vägrat träffa folk. Varken doktor Serpotta eller fader Ezzelino hade kunnat komma till tals med honom.

– Du är efterlängtad, Ciacco, du om någon.

Här upplöstes hennes vackra ansikte i tårar. När hon lugnat sig bad jag henne lysa mig vägen upp till Jacopos rum. Utanför hans dörr hejdade hon mig och viskade:

– Det var så sant: gratulerar till din mors bröllop... Sedan gällt och litet mästrande som till ett barn: Jacopo, gissa vem jag har med mig?

Jacopo satt fullt påklädd i en stol i det inre av sitt lång-smala rum. Sängen var bäddad. På bordet stod en orörd, in-torkad måltid. Innan hon lämnade oss försökte donna Clara omärkligt få med sig de tomma krus som rullat in bakom dörren.

Han gav mig en likgiltig nick som om jag endast varit ute ur rummet en kort stund:

– Jaså, det är bara du...

Jag visste inte hur jag skulle närma mig honom. Skulle jag berätta om allt otroligt som hänt mig under våren, om hem-ligheterna på San Giorgio, om flykten, om det dråpslag jag fått med anledning av min mors bröllop? Jag upptäckte plötsligt att han satt och kramade något i handen.

– Vad har du där?

Han svarade inte, suckade bara. Jag fick bända upp hans fingrar. Det var en liten medaljong som jag tyckte verkade bekant: när jag höll den intill ljuslågan igenkände jag Leda och svanen.

– Hur har du fått tag på den? Tillåter hon att du besöker henne?

– Jag stal den från Tristán.

Han reste sig häftigt och viftade med sin knutna näve mot ljuset:

– När gubben dör, han kan inte ha långt kvar, gifter jag mig med henne!

Så blev han stående med näven höjd som för att krossa lågan. Han brast i ett skallande skratt:

– Du din välartade jävel tycker förstås att jag är galen?!

– Ja.

Han gick till vitrinskåpet, där han brukade förvara sina vinnande masker, och letade fram ett vinkrus som han hal-sade. Sedan räckte han det till mig:

230

– Jag torkar inte av det, vi har ju ingått fostbrödralag.

Sedan vi tömt kruset berättade han hur han suttit däruppe i månader utan att kunna företa sig något. Hur han mist sitt färgseende. Alltsedan markisinnan avvisat honom tycktes hela skapelsen honom vara grått i grått, en värld av skuggor och tuschplumpar. Den enda färg som var kvar fanns i den lilla medaljongen. Men snart fanns den inte där heller, så många gånger hade han kysst hennes bild.

– Du, Gris, vet vad jag talar om! Du har varit tokig i henne hela tiden!

– Länge trodde jag mig vara förälskad i henne. Men sista tiden har det hänt mig ting som jag trodde vara omöjliga. Nej, jag har faktiskt inte på månader tänkt på henne.

Så berättade jag hela historien om Magdalenus för honom. Först verkade han ointresserad, sedan irriterad som om jag försökt smälla i honom lögner; till slut satt han där och gapade.

– Inte vet jag om han är människa eller gud, avslutade jag. Men är du i hans närhet vill du inte vara någon annanstans.

– Du är visst lika drabbad som jag. Nu tar vi oss en tur på taken!

Det var ännu mörkt när vi klättrade upp på maskmakarens altan och därifrån balanserade över till mitt kvarter. Någon åra hade vi inte men vi ryckte upp två av herr Wulffs humlestörar.

– De dina har flyttat till Murano, visste du det? Gubben Wulffs son har tagit över affärerna. Så det blev vräkning.

Det kändes som en lättnad att det hus vi stod på inte längre var mitt hem, eftersom hela historien med min mors giftermål verkade ha ägt rum i en annan värld.

– Och Mozzi, vet du något om honom?

– Enligt min mor har han lämnat pornografin. Han kallar sig medborgare Mozzi och har fått kontrakt på att trycka fransmännens alla officiella proklamationer.

Så gav vi oss i väg över takåsarna med var sin balansstav. Över San Marco var himlen rosenröd som om själva gryningen flyttat dit. Ett fyrverkeri smattrade i natten. Flera skepp i bassängen hade prytt riggen med färgade lyktor. När vi närmade oss bron tilltog folklivet och i Ruga San Giovanni var det svart av folk som sjöng och skrattade. Ute i Canal Grande hade man fört ihop några flottar till en dansbana. Där stapplade franska soldater runt med beslutsamma flickor, fnittrande husmödrar och blyga kärringar. Bortom bron på Campo San Bartolomeo trängdes folk runt ett avhugget träd som några yngre personer försökte resa på torget. Stenläggningen hade rivits upp och blocken staplades runt trädet som var prytt med sjalar i trikolorens färger. En man trängde sig fram, slet av sin peruk och kastade den upp i grenverket. Snart följdes han av flera som på samma sätt gjorde sig av med sina peruker. Sedan började man dansa runt trädet.

Jag hade nu hunnit bli dödstrött och ville sova snarast möjligt. Med Jacopo var det precis tvärtom; det var som om han under månaderna av orörlighet på kammaren lagrat energi till bristningsgränsen. Han ville inte alls vända!

Vi var inte längre ensamma på taken. Från alla håll kom pojkar och ynglingar balanserande mot Rialtobron. Några med åror, andra med humlestörar som vi, en del med plankor eller ribbor från någon upphuggen gondol. En krum och muskulös figur hade hängt lyktor i ändarna på sin balansstång. En annan hade en gosse på ryggen som i sin tur svängde en vettskrämd tupp vid benen. Man hade börjat spänna en lina tvärsöver Canal Grande nedom bron, och den första lindansaren – med en fackla i munnen – var på väg ut högt över det paljettglittrande svarta vattnet.

Det sista jag såg av min vän Jacopo var hur han ställde sig i kö för att gå ut på linan. Han tänkte sig vidare bort till Markusplatsen och från basilikan ämnade han beskåda denna improviserade karneval varmed Venedig efter precis elva hundra år som självständig republik firade sitt intåg i den eviga natten.

Till en början fortsatte livet i palazzo Leofanti som vanligt. Markisinnan brukade samla tre särskilt omhuldade gäster för konversationer: överste Laënnec, monsieur Pinel från franska administrationen och bibliotekarien Ricci, numera direktör för det venetianska myntverket. Själv gick jag Magdalenus tillhanda. Jag hade motstått alla locktoner från husets härskarinna att åter ta diktamen.

I staden tycktes man inte låtsas om ockupationen, tvärtom firades alla helgdagar och festligheter med ovanlig frenesi. Tredje söndagen i juli högtidlighölls följaktligen Il Redentore som vanligt med en parad av illuminerade båtar på kanalen. Och med anledning av paraden höll markisinnan assemblé för sina tre stamgäster.

När hon gjorde entré var hon vackrare än någonsin. Hon såg ut som om hon varit på kur. Kroppen och inte minst barmen var fylligare, i blicken fanns en ny glans och hennes nervösa flackande i konversationen hade ersatts med en uppmärksam uppmuntran inför varje gäst. Pinel och Ricci slutade ge varandra gliringar och Laënnec satte ifrån sig glaset och knäppte västen.

Vi begav oss ut på balkongen för att se paraden. Canal Grande var skymd, men det var lika fängslande att se de olika gillena samlas i sina båtar i alla tvärkanaler och vänta på att få ansluta där borta. På taken borta vid Grande stod ropare och dirigerade trafiken. I båtarna under oss hade man väntat i timmar. När klarsignalen kom tändes facklorna och värmen och röken tvingade oss in igen. Monsieur Pinel föreslog att hela sällskapet skulle bege sig till palazzo Papadopoli, dit han hade en stående inbjudan, för att se själva paraden.

– Till vilket palats har ni *inte* en stående inbjudan, monsieur Pinel? frågade Ricci vasst.

– Endast här i palazzo Leofanti känner jag mig som hemma.

– För att de andra börjar kännas en smula ödsliga sedan större delen av möblemanget, mattorna och konsten förts därifrån?

– Kallar ni oss plundrare, Ricci?

– Ordet är ert, monsieur!

Sedan var grälet igång. Det blev inte bättre av att översten lade sig i och uttryckte meningen att så länge man kunde dela mätress fanns ingen som helst anledning att se sig som offer eller rövare:

– Det är skönheten som håller oss samman! Skål, madame!

– Så fan jag delar något med er, herre!

Alla vände sig nu mot markisinnan som om man väntade sig att hon skulle fatta ett beslut. Men hon skrattade och sade med tillgjord naivitet:

– Titta inte på mig, jag är från Palermo!

Sedan gick hon runt och drack i armkrok med alla sina tre älskare. Men Ricci lät sig inte lugnas:

– Är det inte dags, monsieur Pinel, att vi erkänner faktum: Frankrike har aldrig brytt sig varken om friheten, jämlikheten eller broderskapet i Venedig. Alla vackra ord om hjälp till befrielse från det urgamla aristokratiska oket var inte allvarligt menade ens när ni själva ännu höll er med jakobiner. Ni har lagt under er Norditalien av ett enda skäl: ni var bankrutt! Er egen revolution har ni sopat under mattan, den var er bara till hinders. Om inte lille kung Ludvig den sjuttonde så oturligt gått och dött för er hade han redan sut-

235

tit som marionett på tronen. Nu letar ni med ljus och lykta efter någon annan att placera på piedestalen. Ni kommer att finna honom – eller om ni har otur hinner *han* före och finner piedestalen själv.

– Spar era predikningar, det här är inte Spadaria. För övrigt kan ni utgå ifrån att Direktoratet snart drar tillbaka trupperna från denna stad som bemöter oss med så mycket smicker att det endast överträffas av dess innevånares falskhet.

– I helvete vi skall dra oss tillbaka! skrek översten. Håller inte vi staden gör någon annan det!

– Överste, måste jag erinra er om er tystnadsplikt! bet Pinel av.

Men Ricci hade redan hunnit uppfatta överstens lapsus:

– *Vem?!*

Varken översten eller Pinel svarade utan plockade i stället åt sig från buffén med en målmedvetenhet som om det skulle bli deras sista mål på länge. Ricci ställde sig emellan Pinel och bordet:

– Österrike?

Inte heller nu fick han svar. Men detta uteblivna svar verkade som ett slag på honom; han vinglade till och jag fick i all hast skjuta fram en stol åt honom. Ett ögonblick såg det ut som om han skulle börja gråta. Men han samlade sig, reste sig, tog ett steg mot Pinel, gjorde givakt och bugade:

– Mottag min ursäkt, monsieur.

– Accepteras, svarade Pinel efter viss fördröjning. Men jag är inte säker på att jag gör er en tjänst. Kanske skulle jag i stället låta arrestera er och föra er i säkerhet.

I samma ögonblick slogs dubbeldörrarna mot trappan upp och gamle Benedetto blev synlig med en tänd ljusstake i näven. Han ställde sig intill ena dörrhalvan och sträckte sin lediga hand ut mot trappan som för att presentera någon. I övre trappan blev nu tre figurer synliga. Långsamt och prövande tog de sig ner mot salongen. När ljuset föll på dem kunde jag urskilja Magdalenus och gårdskarlen. I samma stund jag såg vem de hade mellan sig skrek Benedetto skärande och triumferande:

– Markisen av Leofanti!

De två stödjande den tredje gick försiktigt in i salongen. Så tog markisen ner armarna från axlarna på Magdalenus och gårdskarlen. Han sökte över församlingen med blicken tills han fick syn på sin hustru. Sedan gick han mycket långsamt men stadigt fram till henne och kysste henne på bägge kinder. Jag trodde hon skulle dåna men hon höll sig upprätt, återfick färgen, tog honom vid armen och ledde honom runt:

– Min make, monsieur Pinel vid franska administrationen... min make, översten i kavalleriet Laënnec... min make, ledamoten av Folkförsamlingen, myntdirektör Ricci...

Sedan lämnade hon honom plötsligt och sprang gråtande in i sitt rum. Markisen tog tag i en stol men förblev stående. Då fick jag min andra chock, för han öppnade munnen och sade lågt men tydligt:

– Mina herrar, kvällen är ung, varför slår ni er inte ner?

Den följande tiden blomstrade handeln och sjöfarten samtidigt som det fanns en stor oro under ytan. Det var som om staden krampaktigt försökte övertyga sig om att allt var som vanligt. Polisen, såväl den venetianska som den franska, slog hårt mot alla ryktesspridare. Den franska polisen var inte särskilt effektiv, den behärskade inte alla irrgångarna, men den inhemska polis och nattvakt, som redan tidigare varit känd för att ha angivare om inte i varannan gondol eller butik så säkert i var tredje, arbetade som aldrig förr. Visserligen fanns inte längre någon doge eller Serenissima, men i tomrummet mellan den gamla republiken, en valhänt Folkförsamling och en ockupationsmakt som uppenbarligen inte tänkte stanna, var det Polisen som styrde staden. Men inte ryktena. Ena dagen viskades att vi skulle ingå i en norditaliensk federation, nästa att det gamla östromerska riket skulle återuppstå med Venedig som centrum eller att det nybildade Amerikas Förenta Stater ville skaffa sig en fast frihamn i Europa. Inte förrän i början av oktober fick vi av Ricci veta att fransmännen satt i förhandlingar med Österrike. Avtals slöts i Campo Formio den sjuttonde oktober. I utbyte mot landvinningar i Nederländerna och vid Rhen hade Frankrike överlämnat Venedig till Österrike. Vi skulle nu hamna under en katolsk kejsare och den påvlige nuntien aviserade sin återkomst till staden.

Jag hade tillbringat några dagar på Murano hos min syster, som hade min mor och ryssen boende hos sig. Besöket hade skakat om mig: att den ekonomiska situationen var prekär visste jag – vad jag inte haft en aning om var att min mor snart skulle föda. Min syster bönföll mig att jag skulle ta hand om de inneboendes försörjning, men jag gjorde mig kall.

När jag återvände till min enda fasta punkt, palazzo Leofanti, lät markisen kalla oss alla till salongen. Efter det mirakulösa tillfrisknandet hade han åter delvis fallit tillbaka i sin gamla svaghet. Talet var det inget större fel på, men han kunde inte röra sig utan hjälp. I salongen hade praktiskt taget alla samlats, en del hemmastadda som herr Tristán och Magdalenus, andra som jag, undrande och obehagliga till mods. Tjänstefolket föredrog att stanna på trappavsatsen utanför dubbeldörrarna.

– Kära vänner, sade markisen. Ingen kan ha undgått att påverkas av de stora förändringar som drabbat denna stad. Det har varit och kommer än mer att bli en omprövningens stund för oss alla. Jag har två ting att meddela: en glad nyhet och en som förmodligen gör er mindre glada. Låt oss ta det tråkiga först. Jag har beslutat upplösa vårt hushåll här och flytta åter till min hemstad Palermo. Jag antar att flera av er länge vetat att det var förre vicekonungen som drev mig i exil. Nu har allt ändrats, där som här. Jag har inget att förlora på att återvända. Kanske heller inget att vinna. Men en människa kan aldrig avsäga sig den plats och den jord som sett henne födas. Vi räknar med att flytta under vintern. Att sälja här och att återfå egendom i Palermo tar tid och juridiken låter sig inte påskyndas. Vi kommer att upprätthålla ett begränsat hushåll till årsskiftet. Jag uppmanar er alla att söka er nya anställningar. Ni har frihet att lämna oss så snart det passar er. Men längre än till jul kan ni inte räkna med någon lön.

Här gjorde han en paus och lät servera sig litet kaffe. Markisinnan, för dagen klädd i svart, gick runt och talade med tjänstefolket medan jag febrilt funderade på inte vad som skulle hända med mig själv, jag skulle klara mig, men vad som nu skulle hända med Magdalenus. Att han inte kunde stanna här stod klart, nu när nuntien återvände, men i vilket land var han säker? Knappast längre i Frankrike där Kyrkan började återvinna vad hon förlorat. Inte i Schweiz, möjligen i England, absolut inte i Spanien eller i Palermo. Återstod i stort sett endast Osmanska väldet eller Nordafrika. Varför inte Jerusalem?

Markisen återupptog sitt tal:

– Detaljerna får vi diskutera senare. Nu till den glada nyheten. Min kära hustru avslöjade i morse för mig att hon väntar barn. Hon räknar med att barnet skall födas i februari eller mars. Jag ber er alla nu genom mig framföra era hjärtligaste lyckönskningar.

Med tårar i ögonen tog han markisinnan i famn och kysste henne på pannan. Och hon? Jag fick för mig att hon verkade mer besvärad än rörd.

Ricci hade ännu inte lämnat myntverket när jag lyckades ta mig förbi de beväpnade gossarna i porten. Av fransmännen syntes nu inte ett spår och en djup letargi hade sänkt sig över administrationen i väntan på de nya herrarna, österrikarna. I sitt kontor låg Ricci och sov ruset av sig bland till hälften nerrasade travar med papperssedlar som bar frihetens, jämlikhetens och broderskapets stolta symboler. Det var inte lätt att få liv i honom, och när han äntligen kom på benen började han vackla runt bland de prasslande sedlarna och gapa efter sin peruk.

– Er peruk har ni bränt, sade jag.

Han såg sig stirrigt runt och sade förvirrat:

– En peruk, en peruk... Jag kan inte möta kejsarens representanter med naken skalle.

Han lugnade sig inte förrän jag lovade leta upp en peruk åt honom i palazzo Leofanti; jag visste att markisen hade en hel uppsättning på vinden.

– Men i så fall skall ni hjälpa mig med en sak, Ricci. Magdalenus måste härifrån. Det kan vara fråga om timmar!

– Ni tycks alldeles ha förgapat er i Frälsarens ättling. Tror ni verkligen på den skrönan?

– Tro eller inte så hamnar han inför Inkvisitionen igen så snart österrikarna tagit kontrollen över staden. Av er begär jag ingen tro, ni är ju jakobin eller åtminstone ateist. Om ni dyrkar något så är det förnuftet.

Han sjönk ihop över sitt skrivbord med ansiktet i händerna:

241

– Vad är jag annat än en politisk molusk... Jag trodde på
en väg mittemellan radikalism och tradition, jag trodde på...
Asch, det gör det samma. Vart förde mig min svala idealism?
Med ett glatt grin gjorde de mig till chef för myntverket!
– Diktera gärna era memoirer för mig, Ricci. Men inte nu.
Jag återkommer mer än gärna vid ett lugnare tillfälle. Nu
skall ni använda ert inflytande och hjälpa mig få Magdale-
nus härifrån!
– Jag tänker själv fly. Vad hjälper det att jag tillhör den
moderata falangen när den stora räkenskapens dag randas?
Han tog sig upp på benen igen och började cirkla runt i
rummet.
– Och vart tänker ni fly?
– Vart?
– Kan ni ta Magdalenus med er?
Han återvände till skrivbordet, fick med möda ut en låda
ur vilken han drog upp en zinkplunta som han började halsa.
Han dråsade ner i stolen, torkade sig med ärmen, rapade,
pekade på pluntan och sade:
– Ner i den där tänker jag försvinna. Den store anden
återvänder hem i flaskan med svansen mellan benen...
Jag rusade bort till fönstret och tittade ner på gården.
Ännu syntes inga soldater men gossarna i porten hade avvi-
kit, ett bajonettförsett gevär låg övergivet på trappan. Jag
tog ett kliv mot Ricci, grep honom om den smala nacken och
ruskade honom:
– Låna mig åtminstone en summa så att jag kan köpa ho-
nom en båtlägenhet!
– Låna...? *Ta*, Ciacco, ta en kasse, en båtslast, hyr ett
skepp och stuva det fullt med frihetens sedlar!
Jag rafsade åt mig så många sedelbuntar jag kunde få ner
i fickorna och gick mot dörren.
– Vänta! Här! Inte för att jag gör det av förnuftsskäl...
Ricci fumlade upp en börs, tömde den på bordet och sköt

över silvermynten till mig. När jag flög nerför trapporna lät jag de värdelösa sedlarna virvla efter mig som karnevalskonfetti.

Återkommen i palazzo Leofanti erbjöd jag genast Magdalenus pengarna, kanske kunde de förslå till en plats på något handelsfartyg destinerat till Dalmatien. Han slöt mig i sin famn och tackade mig. Men några pengar ville han inte ta emot:

– Min plats är här i Venedig. Tids nog kommer jag att lämna staden men inte för att fara österut utan västerut. Pengarna skall du använda till följande: du känner till de fyra pråmarna där du en gång besökte mig. Du skall genast söka upp pråmarna och överta arrendet. Den före detta korpral som skötte ruljansen på min tid är död. Gumman hans klarar det inte ensam.

Jag blev mycket glad och erbjöd mig att omedelbart bege mig till Prokuratet, som skötte den formella tillsynen över pråmarna:

– En säkrare plats finns inte i Venedig. Särskilt inte om vi själva övertar arrendet!

– Precis, Ciacco. Och nu skall vi ta farväl.

– Farväl?

Stel som ett stycke gips tog jag emot hans avskedsomfamning; jag fattade ingenting!

– Jag måste stanna här, ty så har det blivit uppgjort. Men du skall arrendera pråmarna och göra ditt allra bästa för de olyckliga som inte har någon annanstans att ta vägen. Det får bli din botgöring, ditt bidrag till den växande Guden. Jag vill att du gör allt som står i din makt för att få dem i gott skick, inte bara för inhysingarnas del, utan också för att min son skall kunna växa upp där. Om några månader kommer han att sändas till dig.

Min älskade gudson:

Sista gången jag såg din far var i nuntiens palats en natt månaden innan du föddes. Abbé Maranini hade sänt bud efter mig. Vid denna tidpunkt hade Magdalenus varit försvunnen i flera veckor. Våra efterforskningar hade inte givit resultat och vi hade så småningom böjt oss för den smärtsamma insikten att Magdalenus tagits i förvar av Kyrkan.

För att nå nuntiens palats från Canal Grande måste man först passera under det lilla kapellet San Giovanni Piccolo. Endast kapellets fasad var av sten. Innanför stenskalet var kapellet uppbyggt av många århundradens nersmält och stelnad talg och vax. En ängel med blå vingar sades i tidernas begynnelse ha nedstigit och tänt det första ljuset, som brann i evigheter ständigt avsöndrande nya vågor smält vax vilka flöt ut i groteska grå lavaformationer tills en enskeppig grotta bildats. I forna tider skall kapellet utifrån ha liknat en svagt upplyst lykta. På niohundratalet uppfördes det första stenskalet. Otroliga mängder ljus brann fortfarande och smältorna hade sökt sig långt utanför den ursprungliga grottan och bildat ett underjordiskt kanalsystem som ständigt ändrades med temperaturen i luften.

Det var som att ros in under ett broskfärgat svalg. Alla ljud försvann i de mjuka väggarna. Vattnet, rostbrunt som buljong, stöttes bort från dem som från fett. Slutligen var vaxvalvet så trångt att jag fick falla ner på knä i båten. Längst inne under själva koret vällde nysmält talg och vax

244

ner genom sörplande hål i taket. Därinne fanns en minimal kaj, i själva verket inte mycket mer än ett fotsteg. Jag fördes uppför en i den vita massan uthuggen trappa där man måste gripa om ett rep för att inte halka ner igen.

Abbén tog emot i sitt kontor där han satt bakom ett elegant rokokoskrivbord under vilket låg en uppstoppad fågelhund att vila fötterna på. Han välkomnade mig som en gammal vän och förklarade:

– Ett händelserikt liv består av rockader. För ett knappt år sedan mötte du mig i rollen som patriarkens representant med uppgift att hävda dennes självständighet i förhållande till Rom. Idag sitter jag som generalvikarie för inkvisitorn i nuntiens hus för att städa upp i det teologiska förfall som drabbade staden under fransmännen. Jag tror jag kan påstå att jag har Roms förtroende, förtroende att slutgiltigt lösa den sorglustiga affär som vi kan kalla den heliga Grals ogräs.

– Det är alltså återigen verkligheten som har ändrat sig, inte ni, herr abbé?

– Låt oss bortse från min ringa person och fastslå att Kyrkan är och alltid har varit en och densamma. Han vill träffa dig. Vill du träffa honom?

Jag fördes upp i palatsets övervåning och in i en smal sal vars konturer jag bara anade. En lakej kom in med en lång käpp och tände en takkrona. Jag befann mig i en spegelsal med höga smala speglar ställda i de flesta tänkbara vinklar. Också taket var klätt med speglar. Mattan jag stod på låg över ett golv av glaskassetter. Takkronans vaxljus reflekterades inte bara i dess egna roterande kristalldroppar utan gick igen överallt, i väggar, tak och golv. Jag greps av en stark svindel och famlade i luften efter något: en stol, eller ett räcke att ta stöd mot. Det var som om själva tyngdlagen upphört. Min enda fasta orienteringspunkt var ljudet från spegeldörren som stängdes bakom ryggen på mig. Jag blundade och lyckades återvinna balansen. När jag vågade kisa igen såg jag vad jag först uppfattade som min egen spegelbild upprepad otaliga gånger framför mig och runt mig. Ljuset verkade starkare nu. Men det var något som inte stämde: jag *stod* medan spegelbilden *satt*. Det fanns annat som inte heller stämde. Figuren i speglarna var inte som jag klädd i svart utan i gult och bar en hög toppmössa på huvudet. Spegelbilden började tala till mig:

– De kommer att sända mig till Rom, Ciacco.

– *Nej!* slank det ur mig.

Din far sade inget mer på en stund och jag kände mitt hjärta bulta så våldsamt att speglarna nästan skalv.

– Du är tyst och jag pratar.

Jag nickade stumt mot den bild som jag inte kunde se upphovet till: fanns Magdalenus verkligen i samma rum som jag, eller stod jag inför bilder som på något sinnrikt sätt via ett system av speglar sändes från en cell på vinden eller en håla i källaren? Men rösten lät som om han suttit alldeles framför mig, så nära att jag kunnat nå honom med en utsträckt hand.

– Jag har ett uppdrag åt dig: markisinnan har bett mig om råd angående sitt väntade barn. Barnet kommer att behöva en lärare. Jag ber dig också hälsa... alla.

Jag hade flera frågor som höll på att slinka ur mig, men jag slog händerna för munnen. Varje minsta yttrande från mig kunde förråda oss. Jag hade velat veta om han blivit angiven – och om det i så fall var någon ur tjänarstaben, om det var en förgrämd herr Tristán eller som jag själv misstänkte en kärlekskrank och svartsjuk moriansk kammarsnärta vid namn Marietta?

Jag skulle aldrig få veta det. Inget mer sades i spegelsalen. Bilden av den sittande Magdalenus vek sakta i de blå glasen. Innan den helt försvann tyckte jag mig se alla hans föregångare. Allt svagare och mindre ju längre bort i speglarna. De

246

satt alla fastsurrade i stolar eller på pallar utom den som skymtade längst bort i fjärran på sitt kors.

Så kom du då till mig på pråmarna, officiellt som min halvbror som fötts död på Murano hösten innan. Din mor markisinnan hade inget att invända. Tvärtom var hon tacksam att slippa ta hand om dig, nu när hon ville återuppta den sångkarriär hon hoppades väntade i Palermo.

Första tiden på pråmarna var jag lycklig, jag hade funnit en mission. Jag hade funnit något utanför mig själv som var större än jag. Det var svårt förstås. Ibland måste jag göra mig hård, ibland måste jag ljuga. Jag började vittra inifrån. Men så kom du. Att vi lyckades få ett spädbarn att överleva här i pråmarna var kanske det största miraklet av alla.

Du blev äldre, mina bekymmer med dig förändrades, det gick inte längre att trösta dig så lätt. Periodvis kände jag mig som en fånge. För att få vara ifred för dig och de andra klättrade jag upp i Flaggskeppets maststump och hängde där och stirrade mot Rialto timmavis. Därborta tunnades bilden av mig långsamt ut. Kanske mindes man mig inte längre, kanske frågar sig numera ingen vad det blev av den försvunne stenografen. En minns mig dock: Kyrkan. Ty hon glömmer aldrig.

Vad som smärtar mig mest är att jag sannolikt aldrig kommer att få veta vad det blir av dig – och hur du som vuxen kommer att se tillbaka på mig och din uppväxt här i vårt flytande kloster. Har isoleringen skadat dig för livet? Eller har den tvärtom givit dig styrka och integritet? Hädiska tanke: jag önskar mer än allt annat att du vore min son, eller åtminstone min fosterson, så att jag fick vara nära dig ännu några år. Min far hade mig i nitton år. Dig får jag bara ha i tretton. Det är djupt orättvist!

Nu när du står inför din trettonårsdag har jag inte mer att lära dig. Jag vet, efter att otaliga gånger ha förhört dig, att du kan alla rim och ramsor om dina förfäder. Du kan inte tillbringa resten av ditt liv här gömd undan de skriftlärde. Ty så är det bestämt att du nu skall gå iland där ett större dårhus väntar dig.

Lagunen den tjugofjärde mars 1811
Ciacco Vitalino Cappiello

Kommentar

Som bland annat framgår av det förfalskade Goethecitatet på titelsidan har jag förhållit mig fritt för att inte säja självsvåldigt till historiska fakta. Magdalenusmotivet är dock inte gripet ur luften. Legenden om den heliga Gral har genom tiderna funnit en lång rad kommentatorer och uttolkare. Påståendet att Jesus skulle haft en son med Maria Magdalena har utförligt behandlats av Baigent, Leigh och Lincoln i *The Holy Blood and the Holy Grail* (London 1982); boken presenterades av Staffan Bergsten i *Artes* nummer 4, 1982.

PCJ